君は初恋の人、の娘
You are the daughter of my first love.
機村械人
[イラスト]いちかわはる

You are the daughter of my first love.
Characters

[登 場 人 物]

イッチも本当は私の事が好きなの？
イッチの話は、いつ聞いても面白いなぁ

朔良

一悟より3つ年上の
幼馴染で初恋の人。
16歳のとき突如姿を
消してしまう。

星神ルナ

15歳。朔良の娘。
運命的に出会った一悟に
好意を寄せる。

釘山一悟

28歳。大型雑貨店の店長を務める。真面目な性格の仕事人間。

何を考えてるんだ、
僕は……

その、店長とは
どのようなご関係で？

和奏

一悟の頼れる同僚で副店長を務める。

う……

イッチ、舐めてもいいよ
お母さんとはこんなこと
できなかったでしょ？
車内には二人だけ。
閉鎖された空間で、ルナは蠱惑《こわく》的な
提案をしてくる。

木の葉と木の実が散乱するアスファルトの上で、転落防止のためのガードレールに背を預け、蹲《うずくま》っている少女の姿を発見した。

釘山さん……
どうして、
こんなところに
一悟は手を伸ばす。
ルナはゆっくりと、その手を取って
立ち上がる。

You are the daughter of my first love.

Contents

[目次]

君は初恋の人、の娘

機村 械人

GA文庫

カバー・口絵　本文イラスト
いちかわはる

プロローグ　釘山一悟の初恋と失恋

釘山一悟《くぎやまいちご》には、幼い頃から好きだった人がいた。

年上の幼馴染《おさななじみ》の朔良《さくら》だ。

いつもラベンダーに似た花の香りと、シトラス系のフルーツの香りの混ざった、甘い芳香《ほうこう》を纏《まと》った少女だった。

腰《こし》に届くほど長い黒色の髪《かみ》は、作り物なのではないかと思えるほど手入れが行き届いており、日の光を反射して常に美しく輝いていた。

透明感のある色白の肌《はだ》。

スッと通った鼻梁《びりょう》を中心とした、整った顔立ち。

少し切れ長の双眸《そうぼう》は、伏《ふ》し目《め》になると長い睫毛《まつげ》が存在感を表し、子供らしからぬドキリとするような色気《いろけ》を醸《かも》し出していた。

桃色の唇《くちびる》の両端を、微《かす》かに持ち上げ微笑《ほほえ》む姿は、一枚の絵画として成立しそうなほど魅力的で、今でも記憶の中に鮮明《せんめい》に残っている。

朔良は一悟の家の近くの、家業を営む大きな家に住んでいた。

You are
the daughter of
my first love.

その所作《しょさ》から品格《ひんかく》と教養の窺《うかが》える、正にお嬢《じょう》様だった。

けれど、気取った気配やお高くとまった感じもせず、むしろ性格は人懐《なつ》っこく話しやすい、そんな砕《くだ》けた印象を持つ少女だった。

『今日はいい天気だね、イッチ』

イッチ——彼女はそう、一悟のことを綽名《あだな》で呼んでくれていた。

彼女は一悟の二歳年上の幼馴染。

つまり、一悟にとってはお姉さんのような存在だった。

弟が姉を敬愛《けいあい》するような、そんな感情。

その感情に、彼女の姿や言動、そして共に過ごした他愛《たあい》もない時間が加わり、いつの間にか一悟の想いは恋心へと変わっていた。

朔良が好きなのだと。

幼少期から一緒に過ごしてきた彼女に、気付くと心惹《ひ》かれていた。

『朔良、今度、前に話してた、町外れにできた公園に遊びに行こうよ』

『うん、いいよ。お弁当《べんとう》も作って持っていこうか?』

明確に意識するようになったのは、いつからだったろう?

いや、その想いに関しては、言葉として発したことも、この時からだと確信を持つために原因を探ることもなかった。

というより、避けていたのだ。

一悟自身、気恥《きは》ずかしさもあったからだろう。

それでも、彼女への想いは確実にあった。

いつも彼女と一緒にいることを望み、そして、彼女を楽しませたい、面白いと思わせたい、満足させたいという願望を抱くようになった。

年上の彼女を、喜ばせたい。

一人の人間として……今までとは一線を画した、〝特別な人間〟として意識して欲しい。

『じゃあ、朝8時に朔良の家に呼びに行くね』

『了解。それまでに用意して、待ってる』

そう言って微笑む朔良は、包容力に溢《あふ》れる女神のようだった。

彼女は年下の一悟が名前を呼び捨てにしても、決して怒ったりしなかった。

特に言及《げんきゅう》せず、名前で呼ぶことを朔良が受け入れてくれていたことに、ちょっとした優越感も覚えていた。

だが、きっと朔良にとっては仲のいい弟から呼び捨てで呼ばれている、くらいの感覚だったのかもしれない。

それでも、一悟の意識は違った。

彼女の両親や家族とも、友人とも、尊敬したり敬愛している大人とも違う……つまりは、一悟は朔良の恋人になりたかったのだ。

そのために、当時のまだ小学生でしかなかった一悟は、色々なことをした。

所詮《しょせん》は子供の発想力と財力を前提とした努力ではあるけれど、彼女を喜ばせるために、色んな場所に出掛けることを提案したり、手作りのプレゼントを渡したり。

しかし、所詮は子供にできる範囲のことでしかない。

経済力も行動力も知識も、全て彼女はおろか、彼女の同級生にも及ばない。

彼女はモテた。

その容姿や魅力から、当然、彼女に恋をしていたのは一悟だけではなかった。

よく、彼女が同級生の男子と話している光景を見掛けた。

彼女と同年代で、同格の存在として普通に接することのできる、そんな年上の男子が羨《うらや》ましくもあり、妬《ねた》ましくもあった。

とにもかくにも、一悟は朔良にとっては年下の弟のような存在と思われていた。

いつも、彼女は年上の姉の態度で一悟に接していた。

――そして、その関係は結局、最後まで変えられなかった。

一悟が能天気に、彼女への恋に猛進していた時、彼女は悩みを抱えていたのだ。

そしてそれは、一悟が知らぬ間にも病のように着々と進行し……ある日突然、結果だけが告げられた。

一悟が中学二年に進学する13歳の時、中学を卒業した朔良は、婚約者と共に海外に渡ることになったのだ。

相手は朔良の遥《はる》か年上で、業界でも有名な会社経営者。

最初親から説明された時、何を言っているのかわからなかったし、何が起こったのかも理解できなかった。

朔良が自分の前からいなくなる。

その受け入れ難《がた》い事実だけが、目の前にぶら下げられ、嫌《いや》でも突き付けられていた。

数日間呆《ほう》けてしまっていたが……やがて、徐々に、背景の詳細を飲み下すことができてきた。

当時、実は朔良の家は事業に失敗して多額の借金を背負っていたらしい。

それを、件《くだん》の社長が朔良を許嫁《いいなずけ》――ゆくゆくは結婚相手にするという形で救ったのだという。

一悟は知らなかった。

朔良が、あのいつも自分に向けてくれていた微笑みの裏で、そんな過酷《かこく》な現実と相対していたことに。

そんなことも知らなかった自分に怒りが湧《わ》いた。

けれど同時に、自分が知ったところで無駄に彼女を心配させ、そして何一つ解決に至るようなことなどできなかったと自覚し、落胆《らくたん》した。

朔良にも所詮、その程度の存在としか思われていなかった、と。

その程度の存在にしかなれていなかったという、自虐《じぎゃく》の思考がどんどん加速した。

が……結局は、子供の自分にはどうしようもないことだったのだと、受け入れるに至った。

いや、諦《あきら》めだったかもしれない。

一悟の前から突如《とつじょ》、一言も残すことなく消えてしまった朔良。

今思えば、それも彼女の優しさだったのだろう。

朔良とはそれ以来、再会していない。

こうして、一悟の幼く淡《あわ》い初恋は、失恋で終わったのだった。

やがて、月日は流れ――。

第一章　初恋の人、の娘

You are the daughter of my first love

休憩室《きゅうけいしつ》に備え付けられたコーヒーサーバーの前に立ち、『カフェラテ』のボタンを押す。

他に誰もいないためか、聞き慣れた稼働《かどう》音もちょっとうるさく感じた。

やがて、ちょうどいい量と濃度で抽出《ちゅうしゅつ》されたコーヒーが、クリーミングパウダーの入ったマグカップの中に注がれ、淡《あわ》いブラウンの液体ができあがる。

この会社にいると、甘いコーヒーばかり飲む自分を珍《めずら》しがる者も多いが、そもそもブラック好きが多いのはタバコ好きが多いからだろう。

喫煙《きつえん》しない自分に言われても、共感からは程遠い。

（……そもそも、甘いもの好きは昔からなのだけど）

適度な長さで切り揃《そろ》えられた黒髪《くろかみ》は、セットしなくても無精《ぶしょう》な印象は与えない、そんな髪型をしている。

上はワイシャツで、ネクタイはなし、下はスラックスにウォーキングシューズ。

清潔感がありながら、活動的《アクティブ》でもある、爽《さわ》やかな印象が窺《うかが》える格好《かっこう》だ。

顔立ちは、まだ若さを残しながらも、大人の風格を漂《ただよ》わせている。

窓際に立った釘山《くぎやま》一悟《いちご》は、カップに入ったカフェラテを口に運びながら、窓の外を眺《なが》めている。

高く青い空に、少し黒色の交じったボリュームのある雲が流れていく――夏前の季節特有の空が広がっている。

雨の多い季節だ。

ついこの前までＧ　Ｗ《ゴールデンウィーク》だと思っていたら、もう八月のお盆《ぼん》が近付いている。

（……次の繁忙期《はんぼうき》も、もうすぐか）

そう考えながら、一悟は「くぁ」と欠伸《あくび》を発した。

「寝不足ですか？」

気付くと、休憩室にもう一人客人がやって来ていた。

いや、ライターとタバコを片手に持っているところから察するに、どうやら今し方、喫煙室から戻ってきたところらしい。

格好は一悟とは違い、もっと動きやすい作業着に近い服を着ている。

一悟よりも年下の、部下の男性社員だ。

「最近、色々と新規イベントや売り場変更、設備新設の工事が立て込んで忙しかったですからね」

「まぁね。でも、みんなのおかげでそれに見合った成果を出すことができたよ」

そう言って、一悟は笑顔を浮かべる。

「またまた、全部店長の発案のおかげ――」

「釘山店長」

そこで、休憩室にまた一人、スタッフがやって来る。

今年の春に入ったばかりの、女性の新入社員だ。

「エリア部長がいらっしゃいました」

「急ぎか？　店長、今休憩中だから、なんか適当に話して時間繋《つな》いで――」

「いや、いい、今行くよ」

一悟は飲みかけのカフェラテを一気に喉《のど》に流し込むと、マグカップをシンクに置く。

「多分、今から店内巡回に入るから、何かあったら内線で」

「うす」

「はい」

そう言い残し、一悟は休憩室を後にした。

その場には、女性新入社員と、もう一人の男性社員が残される。

「大変ですね、店長」

「まぁね、でも、やっぱ憧《あこが》れるな」

自分もコーヒーサーバーでコーヒーを淹《い》れながら、男性社員は言う。

本当に、心の底から尊敬するように。

「あれが、会社からも信頼されてる、〝できる大人〟の姿なんだろうね」

――朔良《さくら》が姿を消した、あの日から15年。

――28歳の釘山一悟は現在、全国チェーンの大型雑貨店の店長として働いている。

※　※　※　※　※

「初の店長就任《しゅうにん》ながら、大分調子がいいみたいじゃないか」

広大な売り場面積を持つ店内は、多数の来客で賑《にぎ》わっている。

ここは、都市中心部から少し離れた場所に作られた、ＮＳＣ（敷地内に独立した店舗が散在する、ネイバーフッド型ショッピングセンター。アウトレットモールのようなもの）の一角にある、大型雑貨店である。

生活必需品から家具をはじめ、改装、建築、今流行《はや》りのＤＩＹに使うような工作品の材料や道具まで、あらゆるものを取り扱《あつか》っている商店だ。

一悟は現在、エリア部長（地域一帯の店舗を統括管理する責任者）と話をしながら、店内の様子を見て回っている。

エリア部長は、小太りで背の低い眼鏡《めがね》を掛けた壮年《そうねん》の男性だ。

この会社でのキャリアも長く、比較的温和で接しやすいタイプの上司である。

「売り上げも好調。売れ筋を押さえつつ、購買意欲を掻《か》き立てる独創的な売り場展開が、実績の向上に繋がっているんじゃないか？」

過剰《かじょう》と思うほど褒《ほ》め言葉を連ねてくる部長に、一悟は苦笑を返す。

「自分は、スタッフや周囲の店舗、ＳＮＳ上で話題になっている商戦情報を参考に売り場提案に努《つと》めているだけです。計画は立てても、実際に動いて作ってくれるのは部下やパート、アルバイトのみんなですから」

と、謙遜《けんそん》した返答をする一悟に、部長は「それが、優秀な管理職の仕事だよ」と言って、肩《かた》を叩《たた》いてくる。

と、ちょうど店頭に差し掛かった。

「おや？」

そこで、店頭に特設コーナーが展開されており、複数のアルバイト達が何やら勧誘をしているのを見て、部長が反応を示した。

「あれは……」

「先日もウィークリーマネジメントでご報告しましたが、客数のアップを狙《ねら》った戦略です。店頭に人員を割き、勧誘を行っています」

「ああ、この店ではアプリ会員の獲得を重視しているんだったか」

比較的年配の客が、手持ちのスマートフォンを難しそうに操作している。

その傍《そば》に学生アルバイト達が寄り添い、この会社が以前作成配信したアプリのインストールを手伝っている形だ。

「はい、機械に強い若いアルバイトに勧誘をしてもらって、お年を召したお客様のアプリ会員登録をサポートしてもらっています。お得な情報やシステムがあることを伝え、何度も来店してもらう切っ掛けにしてもらおうかと。リピーターの獲得が目的ですね」

「流石《さすが》、狙いどころを発見したら行動が早いな」

エリア部長は、笑みを湛《たた》え一悟を見上げてくる。

「意欲的で優秀。君も、次の昇進まで時間がかからないかもしれないな」

「ははっ、まだこの立場でダラダラ仕事をしていたいですよ」


――と、二人がそんな会話を交わしている、一方。

「あ、見て、店長と部長」

部長と店内巡回をしている一悟の姿に、店舗のスタッフ達が気付いた。

店頭で勧誘応対をしている、大学生のアルバイト達である。

「店長、また褒められてるっぽい」

「部長とも仲いいよな」

「店長って有望株なのかな？」

「当たり前だろ、そもそも28歳でSランク店の店長任されてる時点で凄《すご》いんだぜ」

「Sランク店って？」

「年間売り上げ上位店舗のこと。つまりそれだけ、会社からの評価も高いってことだ」

アルバイトの一人が疑問を浮かべると、また別のアルバイトが説明をする。

「へー、じゃあ、お給料も結構いいんじゃない？」

そこに女子大生のアルバイトも参加してくる。

「役員クラス抜いたら、社内でもトップクラスの待遇《たいぐう》らしいぞ。噂《うわさ》だけど」

「え、そうなの！」

「みんな、なんの話？」

と、そこへ、何やら盛り上がっている様子を察知し、一悟がやって来る。

「あ、店長、部長は？」

「巡回も終わったから、事務所に戻ったよ。それで、何か僕《ぼく》の方を見て話してなかった？」

「なんでもないですよ」

「優良物件があるなー、っていう話」

女子大生のアルバイト二人が、顔を見合わせる。

「優良物件？　住むところでも探してるのかい？」

「いや、違う違う」

「店長って天然？」

そう言って、笑う女子アルバイト達。

無論、一悟自身もわかって言っているのだが。

「ねぇ、店長って彼女いないの？」

「今、フリーなんですよね」

「いや、お前に聞いてねーし」

「ええ、意外。店長なら引く手数多《あまた》なんじゃない？」

そんな感じで盛り上がる学生アルバイト達。

一悟も賞賛され、満更《まんざら》でもない顔をしている。

……しかし、恋愛の話に関しては、いまいち乗り切れない……そんな、ほの暗い表情を浮かべていた。

※　※　※　※

——日が沈み、空に夜の帳《とばり》が下りた頃。

「ええ、ええ……わかりました。では、そのまま退勤《たいきん》してください。お疲れ様でした」

店舗にいる副店長から電話がかかってきた。

閉店の報告を受け取り、一悟は携帯の通話を切る。

本日、早めに店を出た一悟は、一度帰宅した後、家の近くの駅前へと訪れていた。

駅周辺の市街は、駅を中心にそこそこ栄えており、飲食店やアパレル関係の店が多く立ち並んでいる。

その一角にあるカフェテラスで、彼は書類仕事をしていた。

ちょうど、自分の仕事の書類作成も一段落ついたところだ。

「家に帰るか」

ノートPCをしまい、一悟はカフェを出る。

会社借り上げの社宅までは、徒歩で20分ほど。

運動がてら、帰路を歩く。

「……ふぅ」

片手にノートPCを持ってのウォーキングは、それなりに体力を使う。

街灯《がいとう》の光が続く歩道を進みながら、一悟は深く呼吸を発した。

周囲を見回しても、平日のこの時間帯、人通りはまばらだ。

そこで、向かい側から、男女のカップルがやって来た。

学生くらいだろうか——談笑《だんしょう》しながら、一悟と擦《す》れ違う。

（……おや……プレゼント、か）

見ると、女性の方が大事そうに紙袋を抱えていた。

聞こえてきた会話の端々《はしばし》から察するに、どうやら彼氏の方がプレゼントしたものらしい。

（……誕生日プレゼントとか、かな？）

一悟は、その中身に思考を巡《めぐ》らす。

今の時期なら、ルームフレグランスとかボディソープとか……。

いや、自分が雑貨店を営んでいるから、そんな風な思いが出てしまうが、彼らは見たところ高校生くらいだ。

もっとストレートに、アクセサリ系とか……。

ふと、そんなことを考えていると、脳裏《のうり》に子供の頃の――朔良の記憶が蘇《よみがえ》った。

「………」

一悟も朔良に、誕生日プレゼントを渡したことがある。

といっても子供の時分、そんなに高価なものは用意できない。

故《ゆえ》に、昔から手先が器用だった一悟は、自身の財力のなさを発想で補うことにしたのだった。

母の買っていた生活知識の雑誌等を参考に、アロマキャンドルやらスイーツやら、色々と自作して彼女に渡していた。

そして、誕生日プレゼントに至っては、純銀粘土《じゅんぎんねんど》を使ってシルバーアクセサリを作ったりなんかして……。

今にして思えば、子供の発想過ぎて恥《は》ずかしさから身悶《みもだ》えしそうになる記憶だが。

『わぁ……ありがとう、イッチ。大切にするね』

感動し、喜んでくれた朔良の声と表情が、今でも忘れられない。

それに対し彼女も、一悟の誕生日に手作りのお菓子を作って返してくれた。

淡く甘酸っぱい思い出だ。

作り物のような長い黒髪、スッと通った鼻筋《はなすじ》、長い睫毛《まつげ》、桃色の唇《くちびる》、彼女の笑顔――。

――あれから15年。

一悟は経済的にも社会的にも、充実した生活を送っている。

しかし、恋というものに関しては、未だにもやもやを抱えたままだ。

28にもなろうという男が、初恋の記憶をこの歳まで引き摺《ず》るなんてどうかしている……とは、
自分自身でもわかっているが。

それほど、朔良という存在は一悟の中で鮮明《せんめい》で色褪《いろあ》せない思い出となってしまっているのだ。

そんな現状に遣《や》る瀬《せ》ない感覚を覚え、「はぁ……」と、頭を下げ嘆息《たんそく》を漏《も》らす。

少し、憂鬱《ゆううつ》な気分になってしまった。

「……酒でも買って帰るか」

ちょうど差し掛かったコンビニエンスストアへ、まるで光に吸い寄せられる何かのように、

一悟は入店する。

夕飯用の食材は家にあるので、酒だけ買って帰るつもりだ。

気を紛《まぎ》らわせるため、今日は少し強めのものを嗜《たしな》みたい。

ウィスキーと炭酸水を購入する。

家に帰って、ハイボールで一杯やろう――と、コンビニを出た一悟は、家路への徒歩を再開した。

そこで、だった。

「なぁ、いいじゃやねえか」

商店が並び活気《かっき》の溢《あふ》れる区域から少し離れた、石畳で舗装《ほそう》された歩道の、その途中に差し掛かったあたり。

一悟の耳朶《じだ》に、そんな野太く粗野《そや》な声音《こわね》が聞こえてきた。

ふと見ると、何やら揉《も》めているような雰囲気《ふんいき》の男女を発見する。

いや……よくよく観察すると、どうやら、一人の女性が男に絡《から》まれている真《ま》っ只中《ただなか》のようだ。

男の方は見たところ壮年で、何やら挙動《きょどう》が怪《あや》しい。

そこら辺のコンビニで買ってきたのか（もしくは、一悟が先程立ち寄ったコンビニかもしれないが）、アルコール度数高めの酎《ちゅう》ハイの缶が足元に転がっている。

どうやら、酔《よ》っ払いのようだ。

一方、女子高生の方は、ここら辺では有名な、お嬢《じょう》様学校の制服を着ている。ちょうど街灯の光から外れ、暗がりでいまいち顔はしっかりと見えないが、どことなく可憐《かれん》な雰囲気が漂っているのがわかる。

酔っ払いは女子高生に、「ちょっと話し相手になってくれよ」などと、ふざけているのか遊び半分なのか、ともかく迷惑極まりない絡み方をしている。

それに対して女子高生の方も、あからさまに嫌悪感を露《あら》わにした態度を取ってはいないが……。

「あの、困ります、急いでいまして……」

と、当たり障《さわ》りなく微笑《ほほえ》み交じりに対応している。

しかし、表向きは穏やかだが、明らかに困っている様子だ。

時間帯の問題もあってか、その場の人通りも多くない。

偶然《ぐうぜん》通り掛かった通行人も、急いでいるのか、関わり合いになりたくないのか、無視をしている。

………仕方ない。

「すいません」

判断は一瞬――一悟はすぐさま、酔っ払いと女子高生の間に割って入っていた。

自分の店舗でも、アルバイトが客に絡まれることだってある。

こういう時の毅然《きぜん》とした対応の仕方は、最早《もはや》体に染み付いているのだ。

いきなり現れた彼を前に、酔っ払いも女子高生も思わず動きが停止した。

「彼女も嫌《いや》がっているようですし、止《や》めてあげていただけないでしょうか」

眼前に立つ一悟を前に、酔っ払いの男性は「なんだぁ？」と、動揺《どうよう》しながらも呂律《ろれつ》の回っていない声を返す。

「相手も未成年ですし、過度な行いは強要にもなりかねませんよ」

声を荒《あら》らげることも、高圧的になり過ぎることもなく、まずは淡々《たんたん》と状況を述べ続ける。

至って大人な対応を心掛ける一悟。

対し酔っ払いは、「あんた、誰だ？　関係ないだろ」と、敵愾心《てきがいしん》を高めて威嚇《いかく》してくる。

致し方がない。

「関係はあります。彼女は、うちの店のアルバイトです」

繋がりのある人間であることを仄《ほの》めかせば、二対一の構図がより強く浮彫になり、相手が萎縮《いしゅく》する可能性もある。

場を収めるための正当な嘘《うそ》だし、後々《のちのち》言い訳にはなるだろう。

しかし、酔っ払いは「そんなこと知るか」と、聞く耳を持たない。

臨戦態勢に入っているというよりは、ハナから話をする気がない……いや、会話が成立しないようだ。

つまり、相当酔っているということだろう。

虚《うつ》ろな目で牙《きば》を剝《む》く酔っ払いに、後ろの女子高生も怯《おび》えているのがわかる。

しかし、逆に一悟は安心していた。

まともにやり取りができない状態なら、好都合だ。

一悟は女子高生に囁《ささや》く。

「走れるかい？」

「え？」

次の刹那《せつな》、一悟は女子高生の手を取ると、その場から一気に走り出した。

相手は泥酔《でいすい》した年配者。

いきなりの一悟の行動に反応ができず、気付いた時には目の前から消えた後。

遠くから何か喚《わめ》き声が聞こえてきたが、流石に追い掛けてはこないようだ。

これでいい。

あれだけドロドロに酔っているなら、寝て覚めれば今日のことや一悟のことだって覚えてはいないだろう。

二人はしばらく走り、住宅街の方にまでやって来ていた。

「ここまで来れば、大丈夫《だいじょうぶ》かな」

手を離すと、女子高生は膝《ひざ》に手を付いて深く呼吸を始める。

「ごめんよ、いきなり走り出して」

「い、いいえ……」

やがて、息も落ち着いてきたのだろう。

女子高生は顔を上げる。

先程は暗がりと、酔っ払いへの対応で確認できていなかったその顔を、一悟はここに来て、やっと見ることができた。

そして、驚き、言葉を失った。

腰《こし》に届くほど長い黒色の髪。

透明感のある色白の肌《はだ》。

スッと通った鼻梁《びりょう》を中心とした、整った顔立ち。

少し切れ長の双眸《そうぼう》に、色気《いろけ》のある長い睫毛。

桃色の唇。

あの頃の姿だ。

あの頃のままだ。

その顔は――かつての幼馴染《おさななじみ》、朔良と瓜二《うりふた》つだったのだ。

「あの……」

あまりの衝撃に、目を見開き絶句《ぜっく》したままの一悟に、朔良は……違う、朔良の姿をした彼女は言う。

「ありがとうございます」

「……………え？」

「助けて……くださったんですよね？　私のこと」

「……あ、いや……余計なことじゃなかったなら、よかった」

「そんな、余計なことだなんて……とても怖くて、周りにも助けを求められず……凄く、助かりました」

少し涙目になりながら、彼女は言う。

震える、長い睫毛に乗った涙を、拭《ぬぐ》いながら。

一緒だ。

思わず胸が高鳴り、喉の奥が震える。

これが現実なのか幻覚なのか、自分の身に何が起こっているのか、冷静に分析ができないほど、心が掻き乱されている。

「あの……すいません、実は私の家、すぐ近くなんです」

そこで、女子高生がスッと路地の方を指さす。

灯の切れた街灯が立つ、暗闇の方向を。

「その……よければ、お礼がしたいです」

「……」

困惑《こんわく》、焦燥《しょうそう》、驚愕《きょうがく》……様々な感情が入り乱れている中でも、社会人の男が女子高生の家に付いていくなど、いいわけがないという判断はできていた。

「お礼なんて、別に構わないよ」

しかし、その時、一悟は。

「……けど、もう夜も遅い。また危険に遭《あ》う可能性もないとは言い切れないし、家まで送るよ」

何か、見えない力に体を動かされるかのように――そう言っていた。

※　※　※　※

「もう、すぐそこです」

「あ、ああ」

かくして、酔っ払いの迷惑行為から救った女子高生を、彼女の暮らすマンションまで送ることになった一悟。

当初こそ、朔良に瓜二つの顔立ちを持った少女が目の前に現れたことに動揺してしまっていたが、時間が経《た》つにつれ、やっと冷静な思考ができるようになってきた。

（……あくまでも、彼女を家に送るだけだ……それ以外に他意はない）

彼女の姿が初恋の人の、初恋の当時の姿そのままという点に関しては、一旦《いったん》意識しないようにする。

このまま彼女を家まで送り届けたら、まず相手の家族にきちんと事情を説明しなければいけない。

そう、今後の自分のすべき行動を想定しながら、一悟は隣《となり》の女子高生に話し掛ける。

「ご家族の方は、今、家に？」

「家族はいません。一人暮らしなんです」

「……………」

高校生が一人暮らしをしている——という点に関しては、一悟も職業柄、今まで色々な事情を抱えた人間と会ってきた。

今のご時世、別におかしいとは思わない。

しかし、つまりそれは、彼女の住む家には、彼女しかいないということ。

女子高生が一人暮らしをしている部屋に、流石に上がらせてもらうわけにはいかないだろう。

「着きました、ここです」

などと考えている内に、彼女のマンションに到着してしまった。

女性が一人暮らしをしているということもあって、オートロックも備えられている、それなりにいい設備のマンションだ。

駅も近く、セキュリティもしっかりしている――これなら、親も安心して一人暮らしをさせられるだろう。

「こっちです」

女子高生に先導され階段を上り、二階へ。

そして階段の踊り場を曲がってすぐの部屋の前で、女子高生は鞄《かばん》から鍵《かぎ》を取り出す。

どうやら、ここが彼女の家のようだ。

「どうぞ」

と、扉《とびら》を開けて、中へ入るように女子高生が導く。

「いや、僕は君を家まで送るために付いてきただけだ」

しかし、一悟は当初の予定通り、彼女の誘いを断る方向で話を進めようとする。

「これ以上は……」

「大丈夫です！」

対し、女子高生は一悟の服の袖《そで》を摑《つか》み、懸命《けんめい》に家に上げようと引き下がらない。

「気にしないでください。本当に私だけですから」

（……だから尚更《なおさら》なんだけど……）

困惑する一悟に対し、女子高生はお礼をしたいと譲らない。

ただでさえ朔良の姿で、自分の服の袖を持って、グッと引っ張るのだ。

彼女に瓜二つの表情が、上目遣いで自分を見上げながら。

「……仕方がない」

決して、誘惑に負けたわけではない。

変に拒絶せず、ただ淡々と事務的な処理にあたろう。

「じゃあ、お邪魔《じゃま》させてもらうよ」

「はい」

感情を押し殺し、早急に物事を進め、そして終わらせてしまうのが一番だろう。

そう考えながら、一悟は女子高生の住む部屋の扉を潜《くぐ》った。

玄関《げんかん》を上がると、電気が点けられ部屋の内装が明らかとなる。

普通よりも少し広めの1LDK。

ベッドや机《つくえ》、壁にハンガーで掛けられた服、室内に漂う甘い匂《にお》い。

装飾品の調度も小物も、どれも正に女子高生の部屋といった感じだ。

「どうぞ、くつろいでください」

と言って、女子高生はキッチンへと向かうと、電気ポットのスイッチを入れ、お湯を沸かし始めた。

加えて、食器棚からティーカップや茶葉を取り出し、お茶を淹れる準備を始めているようだ。

当然、一悟はベッドの上にも椅子《いす》にも、床《ゆか》にも座らない。

（……一杯だけもらったら、隙《すき》を見て帰ろう）

不注意であれ、過失であれ、何か勘違《かんちが》いされるような、下手《へた》な真似をしない内に――と思っていると。

「……ん？」

ふと、そこで、一悟の視界に、机の上の写真立てが映った。

おそらく、家族写真だろう。

男性と女性、そしてまだ小学生くらいの幼い少女が並んで――。

「……え」

一悟の思考が、そこで停止した。

「どうしました？」

キッチンの方から、ティーポットとカップをお盆に載《の》せて、女子高生が戻ってきた。

彼女は、机の上の写真を凝視《ぎょうし》して制止している一悟の姿に気付く。

「あ……それは、私の家族写真――」

「朔良？」

「……え？」

一悟は、その家族写真に写った女性を見て、そう呟《つぶや》いていた。

わかる。

一悟の記憶の中では、最後に見た15歳の時の姿で時間が止まっているが――そこから、順当に歳を重ね、そして大人になっただろう彼女が、そこにいた。

人違いといわれたならそうだろう……しかし、直感が働いたのだ。

この写真に写っている、この女性は。

つまり――。

「お母さんを知ってるんですか？」

お母さん。

女子高生の放ったその言葉に、心臓《しんぞう》の鼓動《こどう》が早まる。

一悟は振り返り、改めて少女の顔を見た。

あの頃の、あの時の、美化されているといわれても仕方がないほど、燦然《りんぜん》と輝く思い出の中に残された、初恋の人の姿に、瓜二つの顔。

「君の、名前は？」

仕事とプライベートを通しても、ここまで動揺したのは久しぶりの経験だ。

息が上手《うま》くできず、必然、たった七文字の言葉さえ綺麗《きれい》に発せられない。

それでも、一悟の質問を理解できたのだろう――女子高生も困惑を浮かべながら、その問いに答えた。

「私の名前は……星神《ほしがみ》ルナ、です」

「──」

同じだ。

苗字《みょうじ》が、朔良の旧姓《きゅうせい》ではなく、結婚した、あの大企業の社長のもの。

「君は……朔良の、子供？」

一悟の口から出た、その言葉に、女子高生──ルナは、おずおずと頷《うなず》いた。

なるほど、なら、似ていて当然だ。

混乱のし過ぎで、そんなおかしいくらい冷静な思考が、頭の中に浮かんだ。

（……彼女は、朔良の娘）

それでも、その事実は一悟に今まで感じたことのない驚きをもたらしていた。

そして、驚きと同時に、続いて当たり前に抱く疑問──それに対する好奇心が収まらず、声となって溢れていた。

「君のお母さんは、今どこに」

「……」

その質問に、ルナは目に見えて表情を暗くした。

一体、どうしたのだろうか。

何か言い難《がた》いような事情でもあるのか。

少しだけ感じた嫌な予感が、一悟の脊椎《せきずい》に痺《しび》れとなって走った。

「お母さんは……」

そして、その予感は的中してしまった。

少しだけ、どころではなく、最悪の形で。

ルナは口にした。

「お母さんは、数年前に事故に遭って……もう、この世にはいません」

※　※　※　※　※

酔っ払いに絡まれていたところを偶然助ける形となった、初恋の人にそっくりの女子高生。

彼女の名前は、星神ルナ。

驚くべきことに、かつて別離した幼馴染――朔良の娘だった。

そして彼女の口から、既《すで》に母親である朔良は、この世にはいないという事実を告げられ
――一悟は、頭の中を無茶苦茶《むちゃくちゃ》に揺《ゆ》さぶられた感覚だった。

「母だけではなく……父も、母が他界《たかい》する大分前に故人《こじん》となっていて……今は母方の実家が、私の親代わりになってくれています」

怒涛《どとう》の情報量に殴打《おうだ》されながら、茫漠《ぼうばく》とした聴覚でなんとか彼女の言葉を聞き取り続けるも、

一悟は放心状態となってしまっていた。

朔良の死――あまりにも重過ぎる事実を、受け入れることができない。

思わずよろめき、近くにあった椅子に座り込んでしまった。

「大丈夫、ですか?」

「あ……ああ」

突然、意気消沈《いきしょうちん》してしまった一悟の様子を見て、ルナも心配してくる。

「……母のお知り合いの方ですか?」

やがて、ルナはそう尋《たず》ねてきた。

ここまでの流れを目の当たりにしたなら、当然の質問だろう。

「ああ……まぁ、幼馴染というか……彼女が結婚して以来、会ってはいないけど」

一悟も正直に、自分と朔良の関係を話す。

すると――。

「もしかして……〝イッチ〟……あ、釘山一悟さん、ですか?」

「……」

ルナが不意に漏らした『イッチ』という言葉に、一悟は瞠目《どうもく》する。

懐かしい――と思った。

それは、かつて朔良が自分を呼ぶ時に使っていた、綽名《あだな》だったからだ。

いや、それよりも――そこで、別の疑問が生まれる。

「どうして君が、僕のことを知っているんだい？」

一悟の問いに、ルナは、どこかはにかんだ表情で答えた。

「母がよく話をしていたんです、一悟さんの」

「……そうか……」

彼女が、自分のことを。

遠く離れていても、忘れてはいなかったんだ……。

そう思った瞬間、一悟の脳裏に、あの頃の――自分を振り返って見る、年上の幼馴染のあどけない笑顔が蘇り――。

堰《せき》を切ったように、涙腺《るいせん》から涙が溢れ出した。

今一度、彼女がもうこの世にいないという事実を嚥下《えんげ》した結果、抑えることができなくなった。

「く、釘山さん……」

「ごめん、大丈夫だ」

しかし、それも一瞬。

心配そうな表情のルナに、一悟はすぐさま大人として、平静を装う。

まともな思考が働きを取り戻してきた。

そして、改めて自覚する。

彼女——ルナに、自身の母の死に関する話……当然、年端《としは》もいかない女の子にとっては、辛《つら》い告白をさせてしまっていたことを。

「ごめん」

一悟は頭を下げ、配慮《はいりょ》に欠けた態度を取ってしまっていたことを謝罪する。

「いえ、そんな、気にしないでください」

対し、ルナは慌《あわ》ててそう返す。

「でも、だとすると、今の君は……」

「はい、先程言った通り、家族はいません」

あれは、一人暮らしをしている——という意味ではなく、そのままの意味だったようだ。

いわゆる、天涯孤独《てんがいこどく》。

(……いや、母方や父方の実家もあるだろうから、厳密にはそう言い切れないだろうけど)

と、一悟が目前の少女の身の上に関し、思考を巡らせていると——。

不意に、『グ～……』っと、そんな気の抜ける音が鳴った。

音は、ルナのお腹《なか》から聞こえた。

「あ、やだ……」

一瞬のことに、二人揃って目を丸めて停止してしまったが、やがて自分が音源だと気付いたルナが、恥ずかしそうに顔を赤く染め、腹部を押さえる。

「お腹、空《す》いてるのかい？」

「ごめんなさい……」

「いや、謝る必要なんてないよ。もう晩ご飯の時間だからね」

どこか、憧れの人の面影《おもかげ》をルナに重ねていた一悟は、そこで彼女が初めて見せた隙のある姿に、少し安堵感《あんどかん》のようなものを覚えた。

それと同時に、朔良の娘である彼女に――一人で生きる孤独な彼女に、どこか庇護《ひご》欲のようなものを掻き立てられる。

早々《そうそう》に帰るつもりだったが、そうしようとも思えなくなってきた。

「ルナさん、夕飯は？」

「え？」

いきなりの質問に、ルナは一瞬声に詰まる。

10歳以上年上の男に〝さん〟付けで呼ばれたことも、その一因かもしれない。

「ええと、これから作る予定です……」

「よかったら、僕が夕飯をご馳走《ちそう》するよ」

「え⁉」

いきなりの提案に、ルナも驚きの声を上げる。

一悟のスマホの中には、出前用のアプリが登録されている。

普段、夕飯を作るのが億劫《おっくう》な時は、よく利用させてもらっている店のものだ。

それを呼んでもよかったのだが、先程の彼女の発言から察するに、夕飯用の食材が既に用意されているようである。

とすると、それを無駄にするわけにもいかない。

「まぁ、ご馳走するなんて大層なことを言ったけど、よければ僕が代わりに夕飯を作るって感じかな。君は待っていてくれればいい。迷惑じゃなければ、だけど」

「いえ、別に迷惑では。むしろ、そこまでしていただくわけには……」

「いいんだ。気にする必要はないよ。僕の自己満足だから」

先程、なんとしてでもお礼がしたいと譲らなかったルナと、全《まった》く同じことをしている自分に、一悟は内心苦笑する。

しかし、流石にルナも二つ返事で承諾はできない様子だ。

「お母さんから、僕の話はどれくらい聞いてる？」

そこで一悟は、困惑するルナへとそう問い掛けた。

「そこそこ料理が上手いとか、そんな風には聞いてる、かな？」

「あ……はい」

思い当たる節があったのか、ルナは頷きを返した。

「お母さん、釘山さんが時々作ってくれた料理が好きだったって、そう言っていました」

「……そうか」

嬉《うれ》しい話だ、と、一悟は深く感じ入る。

そんなことまで覚えていてくれて、大切な思い出のように娘に語ってくれていたのだ、朔良は……。

「じゃあ、前評判は問題なしっていうことか。どうだい、ルナさん。せっかくだから、その実力が本物かどうか、確かめてみるっていうのも面白くないかい？」

そうおどけて言う一悟に、朔良は一瞬ポカンとするが——やがて、堪《こら》えられなくなったように吹き出した。

かわいらしい仕草だった。

「あはは……釘山さん、面白いですね」

よかった、笑ってくれた。

少し重くなっていた雰囲気が、少しは解消された気がする。

「じゃあ、お言葉に甘えさせていただきます」

「ああ」

晩ご飯を作るという一悟の申し出を、ルナは快諾《かいだく》する。

しかし、そこで「……でも」と言葉を挟み、

「流石に一方的にご飯をご馳走していただくのは、気が引けるので……そうだ、釘山さんも、夕飯をご一緒しませんか」

「え？」

互《たが》いに、どうにも相手の好意を素直《すなお》に受け入れ切れない性格なのかもしれない。

返す刀で、今度はルナが、一悟にそう提案してきた。

「ご飯が手作りでも、一人では寂《さび》しいので。釘山さんの、母の思い出話を聞かせてくれませんか？」

「……………」

強い子だな……と、一悟は思う。

と同時に、実年齢にそぐわない精神性――そういうところも、朔良から受け継いでいるのかもしれないと、そう感じた。

※　※　※　※

さて、言い出したのは自分だ。

一悟は早速、ルナの家のキッチンに立つと、二人分の夕飯を作るため準備を進める。

流石それなりにいいマンションなだけあって、炊事場《すいじば》回りの設備もしっかりしている。

システムキッチンだ。

逆に、学生一人が使うには、少し広過ぎるくらいだろう。

「さてと……」

冷蔵庫の中に用意された食材を確認する。

冷凍されたご飯、卵、それに鶏肉《とりにく》や野菜など……。

一人暮らしの高校生の家の冷蔵庫だ、当然、そこまでの量はない。

が――。

「よし、メニュー決定」

――昔、朔良にも作ったことがある、あれにしよう。

そう思いながら、一悟は調理を開始した。

鶏肉とタマネギ、ピーマンを下拵《したごしら》えし、フライパンにバターを引いて温める。

熱したフライパンの中に準備した食材を投入し、塩コショウで味付け。

火を通し終わったら、そこへ解凍しておいたご飯を混ぜ、ケチャップも加える。

「いい匂いですね」

そこへ、ルナが様子見にやって来た。

「わぁ、チキンライス！」

「正解」

彼女の言う通り、できあがったチキンライスを皿へと盛り付ける一悟。

「でも、当然これで終わりじゃないよ」

まぁ、ここまで来ればほとんど正解はバレバレだと思うが、一悟は「できあがってからのお楽しみ」と、ルナを隣室へ帰し、調理を続ける。

続いて、卵を割ってボウルで溶く。

そして、先程の熱の通ったフライパンをサッと洗い、表面を拭《ふ》き取ると、そこへ溶いた卵を流し入れ、平たく伸ばして熱を通す。

そうしてできたふわふわの卵焼きを、皿の上のチキンライスに被せれば――。

できあがったのは、オーソドックスなオムライスだ。

「はい、完成したよ」

一悟はリビングに戻ると、テーブルの上にそれを並べる。

「わぁ……」

運ばれてきたオムライスを見て、感動したように表情を綻《ほころ》ばせるルナ。

その顔が不意に、数時間前に思い出した、幼い頃プレゼントを渡した時の朔良の表情と被って見えた。

まぶしい笑顔だ。

さて、食卓に皿を並べ準備を終えると、一悟とルナは椅子に座って向かい合った。

「「いただきます」」

二人の声が重なる。

「……ふふ」

ルナが少しだけ、おかしそうに笑みをこぼした。

「……？　どうしたんだい？」

「あ……いえ、誰かと一緒に夕飯を食べるのが、久しぶりな気がして」

こうして、今日、奇跡的な出会いを果たした男と少女の晩餐《ばんさん》が始まった。

「おいしい！」

オムライスを一口頬張《ほおば》ったルナが、思わずといった感じでそう叫んだ。

「一悟さん、本当にお料理が上手ですね。こんなにおいしいオムライス、食べたことありません」

「それは、流石に言い過ぎだよ」

食材も調味料も、特に変わったものも高級品も使っていない、普通のオムライス……のはずだ。

彼女のリアクションは、いささかオーバーにも思える。

「でも、喜んでくれて嬉しいよ。オムライスは、朔良……君のお母さんにも作ったことがあったんだ」

「お母さんにも……」

それを聞き、ルナは手元の皿へと視線を落とす。

無論、今に比べれば、一悟の料理の腕は全く素人《しろうと》そのものだったと思う（今だって、正確には素人だが）。

しかし、当時の朔良も、彼女と同じように大袈裟《おおげさ》なほどおいしいと言ってくれた。

更には、『イッチと結婚したら、こんなおいしい料理を毎日食べられるんだ』などと、彼女に思いを寄せる身の上としては、非常にテンションの上がるコメントをしてくれたりもした。

（……本当、思い返してみれば、当時から二歳年上と思えないほど、大人びてたな）

「釘山さん⁉」

そんな、しんみりする回想をしていたら、一悟は再び涙ぐんでしまっていたようだ。

いけない、いけない――ルナを不要に心配させてはいけないと、慌てて目元を拭う。

「……そんなに悲しんでくれるなんて、母もきっと天国で喜んでいます」

そんな一悟を気遣って、彼女は微笑《びしょう》を湛えた。

――その後も、食事をしながら一悟は朔良に関する昔話をした。

ルナはそれに聞き入り、一悟自身も、まるで自分の過去を振り返るように語った。

朔良が一悟の幼馴染で、幼少の頃からよく交流をしていたこと。

一緒に遊んだり、勉強をしたり、色んなイベントに出掛けたりしたこと。

朔良はお嬢様だったから、家の事情で外出したり、予定が合わなかったりすることも多々あったが、可能な限り誘っていたこと。

また――。

「で、お母さんがその頃呼んでいた釘山さんの綽名が、イッチ」

「あまり笑わないでくれよ」

微笑交じりで言うルナの顔を見て、一悟も恥ずかしくなる。

「なんだか、釘山さんのお話を聞いてると、昔のお母さんって子供の頃からとてもしっかりした人って感じがするんですけど……イッチっていう綽名って、年相応というか、子供らしいというか」

「確かに、それは僕も思う」

自分がそう思っていただけで、やはりあの頃の彼女も、一人の年端もいかない少女だったのだろう。

（……まぁ、思い出は美化されるものだからな）

そんな風に楽しく会話を交え――気が付くと、一悟もルナも皿の上の料理を平らげていた。

「「ご馳走さまでした」」

食事を終え、再び二人で声を重ねる。

「あ、釘山さん」

と、そこで。

「お酒、飲みますか？」

不意に、ルナがそう問い掛けてきた。

「え？」

あまりにも突然の提案に、一悟は停止する。

見ると、ルナが一悟の所有物であるパソコンの入った鞄を指さしている。

いや、正確には、その横に一緒に置かれたコンビニのビニール袋。

一悟が買ってきたウィスキーと炭酸水が入っているのだが、ビニール袋のため、中身が透けて見えるのだ。

「ごめんなさい、気が利《き》かなくて」

「いや、君がそんなことを気にする必要はないよ……」

本当に律儀《りちぎ》だなぁ、と、そんなルナの態度に一悟は思う。

「あまり詳しくないですけど、ウィスキーを炭酸水で割って飲むんですよね？　テレビでやっていました」

一方、ルナはやる気満々な感じで一悟に言う。

「よければ、私、作りますよ。お酌《しゃく》します」

「あ……うーん」

ルナの好意からの申し出はありがたい。

しかし、倫理観《りんり》の呵責《かしゃく》が一悟を襲う。

未成年の家で、未成年の前で、自分だけがお酒を飲むというシチュエーションが、どうにも公序良俗《こうじょりょうぞく》に反する感じがするのだ。

あくまでも時と場合による、ともいえるが。

「あ、もしかして、おうちが遠いとか？　実は、近くにお車を停めてたりしますか？」

そこで、いまいち煮え切らない一悟の雰囲気を察し、ルナは心配するように言う。

「いや、家は歩いて帰れる距離だし、大丈夫だけど」

「よかった。私、久しぶりにとても楽しい気持ちになれたんです。だから、釘山さんにも同じように楽しんでもらいたくて」

小首を傾《かし》げ、上目遣いでルナは言う。

「どうか、お酌させてください、釘山さん」

（……ううん）

ルナに悪意はない。

完全に厚意《こうい》から提案してくれている。

それに、自分が彼女に飲酒を強要するならともかく、自分が飲む限りでは問題はないはずだ。

無論、彼女がアルコールに口を付けないよう、細心の注意を払うのは当然だが。

（……まぁ、少しくらいならいいか）

そんな彼女を前にして、一悟もお言葉に甘えさせてもらうことにした。

「じゃあ、すぐに準備しますね」

そう言うと、ルナは早速、キッチンからグラスを持って来る。

「氷を入れるんですよね、ＣＭでやってました」

更に、冷凍庫から持って来た氷をグラスに投入した。

ルナはテーブルの上にグラスを置くと、続いてウィスキーの栓《せん》を開ける。

そして、グラスに注ごうとするが……。

「……ええと、どれくらいの分量が適当なのでしょう……」

当然、細かい知識はないので、それ以上先がわからないのだろう。

途方《とほう》に暮《く》れるルナを見て、一悟は何だか微笑ましい気分になった。

まるで、大人ぶっている自分の子供を目の前にしているような、そんな気分だ。

「まぁ、これくらいかな」

そこで一悟は助け船を出す。

ルナからウィスキーの瓶《びん》を受け取ると、グラス全体の10分の1ほどまで注いだ。

「ウィスキーの方は、そこまでいっぱい入れなくていいんだ」

「へぇ……」

「スプーンはあるかい？」

ルナからスプーンを借りると、一悟はそれで氷とウィスキーを掻き混ぜる。

少し氷が解けてきたところで、炭酸水を混入。

「こんな感じかな」

できあがった薄《うす》い琥珀《こはく》色の泡立つ液体を、一悟は口に含む。

熟成されたウィスキーの風味と、炭酸の刺激が混ざり合った濃厚な味わいがする。

「わかりました、練習してみます」

「練習……」

一方、ルナは別のグラスを持ってくると、先程一悟の行ったやり方で、自分なりにハイボールを作ってみせる。

熱心な面持ちだ。

「どうでしょう？」

「どれどれ……うん、おいしいよ」

「よかったです」

その後も、ルナの作るハイボールを嗜みながら、一悟は彼女と思い出話を交えていく。

呑み込みが早いようで、ルナの腕はすぐに上達した。

しかし、彼女が作ったハイボールを、味見がてらグイグイ飲む内に、結構酔いが回ってきてしまった。

制御する暇《ひま》もなかった。

——その後、どれだけの時間が経過しただろう。

ルナの、若者特有の元気なペースにも乗せられ、気付けば一悟は泥酔一歩手前というところまできてしまっていた。

「で、その時に朔良がさ」

火照った頭で、朔良との思い出話を熱く語る一悟。

「……………」

そんな一悟の顔を、ルナはいつからか、黙《だま》ってジッと見詰めている。

「ん？　どうしたんだい？　ルナさん」

「……釘山さん、お母さんのことが好きだったんですか？」

口を付けていたハイボールを噴いてしまった。

幸《さいわ》い液体は飛び散らなかったが、琥珀色の泡が空中に散り、一悟は「げほ、ごほ」と思い切りむせる。

「な、何を言って……」

「わかります、釘山さんの話し方を聞いてたら」

少なくとも、ルナの母親ということに配慮し、朔良のことはあくまでも仲のよかった幼馴染――という前提で話をしていたつもりだった。

しかし、アルコールが回って饒舌になってしまっていたのか、彼女に感付かれるような物言いをしてしまっていたのかもしれない。

「お母さんが羨《うらや》ましいです。いいなぁ、釘山さんみたいなカッコいい人に、一途《いちず》に好意を持たれて」

「……いや」

ルナの口走ったその言葉を、すぐに否定しようとした一悟。

しかし――酩酊状態が強くなり、思考回路がまともに動かなくなってしまっていたためか――。

「……そんなことは、ないよ」

否定よりも先に、本心が口から出てしまった。

一悟は、ルナの言葉を訂正するように言う。

「あの頃の僕は本当に、正真正銘《しょうしんしょうめい》の子供だった……朔良からしたら、年下の弟みたいな存在としか意識してなかったと思うよ」

「そんなことないですよ」

そんな一悟の自虐《じぎゃく》を、ルナは真《ま》っ向《こう》から否定した。

「え？」

「私……お母さんのことを凄く尊敬していました。しっかり者で、お父さんがいなくなった後も、女手一つで私を育ててくれました」

「……」

「お礼にはお礼を返す、人当たりよく生きる……社会で生きていく上での礼節《れいせつ》や礼儀《れいぎ》も、ちゃんと教えられました」

ルナは朔良のことを慕《した》い、朔良もルナを娘として愛情を持って育てていた。

だから彼女からは、見た目が似ているとか、そういう要素を除いても、朔良を彷彿《ほうふつ》とさせるような雰囲気が感じられるのか……。

一悟の前から消えた後の、朔良の物語。

酔いの回った判然《はんぜん》としない頭でも、一悟はルナの語るその物語にしっかり聞き入る。

「そんなお母さんが私に、よく昔の釘山さんの話をしてくれました」

「……え」

「その頃の記憶を、とても楽しそうに、嬉しそうに……だから、私もさっき、一悟さんだとすぐに気付くことができたんです。それくらい、強く思い出に残っていたから。きっと、お母さんも——」

ルナは、真剣な表情で言う。

「釘山さんのことが好きだったんだと思います」

「……」

「あ、あくまでも当時のお母さんが、という意味ですし、直接ハッキリそう言われたわけじゃありません。経緯《けいい》がどうであれ、お母さんとお父さんも、仲よく円満な夫婦生活を送っていましたし、私もお父さんのことは大好きでしたし……」

でも、それとは別のところで──母の語る思い出の少年。

釘山一悟のことも、気になっていたのは事実だった──と、ルナは言う。

「……釘山さん、凄く酔ってます？」

そこで、ルナは確かめるように呟き……。

「……私、小さな頃からずっと、釘山さんに憧れていたんです。お母さんから昔話を聞かされて、釘山さんのことを、とても素敵《すてき》な人だと想像していて、心の中で慕い続けてきた、理想の人だったんです」

まるで、溜め込んできた想いを告げるように、ルナは告白する。

一悟が朔良のことを語る時のように、熱っぽい声音で。

「……それも、今日こうして出会えて、その、確信に変わりました」

「そうか……」

その言葉を聞かされて。

なんだろう。

一悟は、朔良が自分を〝そう思ってくれていたかもしれない〟ということに、心のつっかえが取れたような、そんな感覚を覚えた。

「ルナさん」

酔いのせいで、頭の中には薄雲《うすぐも》がかかっている。

そんな思考回路を力尽くで動かしつつ、一悟は目前のルナの名を呼ぶ。

「はい」

ルナは、一悟のことをただジッと見詰めている。

しばらく前からずっと。

彼女はお酒を飲んでいないのに（当たり前だが）、どこか頬が紅潮《こうちょう》しているようにも見える。

「困ったことがあったら、なんでも頼ってくれ。僕が助けになるから」

といっても、彼女は両親を失っているものの、実家からの援助は受けられているはずだ。

財政的に、そこまで苦しいわけではないだろう。

けれど今、一悟は彼女に、そう言いたくなったのだ。

「なんでも……」

「ああ、ここで会ったのも何かの縁《えん》だ。ちょっとしたお願いでも、言ってくれたら可能な限り応えるよ」

格好を付けた、大人ぶった発言。

あの頃の朔良には言えなかった、できなかったこと。

まるで、その罪滅ぼしでもするかのように、彼女の面影を残す少女へと、一悟は言う。

と同時に、ぐらりと体が傾いた。

どうやら、自分を制御できないほど、大分飲んでしまったようだ。

眠気とも何ともつかない感覚に襲われ、机に突《つ》っ伏《ぷ》してしまう。

視界の隅《すみ》――ルナは、一悟からのその言葉に、驚きと困惑の交じった、そんな表情を作り。

「……はい、ありがとうございます」

それに対し、一拍置いた後――言った。

「私、ずっと釘山さんのことが好きでした。私を、釘山さんの恋人にしてくれませんか？」

もう、まともに頭の回っていない一悟は、ギリギリで聞き取れたその発言に、「はは……それは是非《ぜひ》ともお願いしたいね……」と冗談《じょうだん》で返した。

――一悟が覚えているその夜の記憶は、ここまでだった。

※　※　※　※

「……んん」

じわじわと、滲《にじ》むように頭を襲う疼痛《とうつう》により、一悟が目を覚ました。

柔《やわ》らかい感覚が体を包み込んでいる。

背中も腹部も覆《おお》い尽くすその感覚から、自分がベッドの上に横たわっているのだとわかった。

「……んん?」

どうやら、いつの間にか寝てしまっていたようだ。

寝付くまでの記憶が、曖昧《あいまい》だ。

少し頭痛がする。

(……酒を飲んだんだっけ?)

寝ぼけ眼《まなこ》で天井《てんじょう》を見上げながら、一悟は思考を巡らせる。

思い出せ。

確か昨夜は……そうだ。

酔っ払いに絡まれている女子高生を助けて、「お礼がしたいから」と、その子の家に行って。

その子が、朔良の娘だと知って……。

「……はぁ」

あまりにも現実味のない回想に、一悟は嘆息を漏らして寝返りを打つ。

あるわけがない。

そんな偶然。

きっと、それこそ夢でも見ていたのだろう——と。

「……いや」

そこで、一悟は、見上げた天井が、いつもの自分の家のものと違うことに気付く。

店長クラスの福利厚生《ふくりこうせい》として、会社から貸し出された社宅。

独身の自分には少しばかり広過ぎる、そんな家の――いつも就寝している寝室の天井とは、何か雰囲気が違う。

（……この部屋は……）

「おはよう、イッチ」

自分を呼ぶ声が聞こえた。

と同時に、何かが布団《ふとん》にくるまった一悟の腹の上に乗ってきた。

そこにいるのは、女の子。

制服を纏《まと》った、女子高生だ。

かつて、幼馴染の朔良が呼んでいた綽名で自分を呼び、少女――星神ルナが、布団越しに一悟の腹部にまたがり、眩《まばゆ》い微笑みを浮かべる。

その艶《あで》やかな黒髪の毛先が一悟の胸の上に弧《こ》を描き、シャンプーの柔らかい香りを漂わせた。

「朝ご飯、できてるよ」

「え……あ、いや、あの」

「お仕事の始業時間は？　急がなくて大丈夫？」

「まだ余裕はある……じゃなくて、ええと、ルナさん、これは……」

パニクる一悟に、ルナがくすくすと笑いながら説明する。

「あの後、イッチ、椅子に座ったまま寝ちゃいそうになったんだよ。凄くお酒飲んでたもんね。だから、私がベッドまで誘導して、そのままうちに泊まる形になったんだ」

「……ご、ごめん！」

やらかしてしまった。

酒に飲まれて、女子高生の家で眠りコケるなんて……。

一悟は今更ながら、自分の失態《しったい》を恥じる。

「僕としたことが、なんて情けない……」

「別に、謝らなくていいよ」

対し、ルナはさも当然というように言う。

「私達――恋人同士だから」

「……え？」

呆《ほう》けた顔になる一悟へ、ルナは微笑みかける。

ほんのり桜色に染まった頬は照れているようで、照れ隠しに喜びの交じったような、そんな笑みだった。

「いいって、言ってくれたもんね、恋人になっても」

「……あ」

昨夜のことを思い出す。

意識を失う、その寸前——何か、色々な取り違えや入れ違いがあったような、そんな会話をしていた気がする。

脳の表面しか使われていないような、そんな状況で、そんな状態で。

そうだ、確かに一悟は言った。

「……何を」

けれど、そんなのは冗談だ。

「何を言ってるんだ。そんなもの、なれるわけがない」

不用意な返答をしてしまったことは、間違いなく自分の非だ。

しかし、だからこそ、そんな非現実的な要望をすんなり通すわけにはいかない。

応えられるわけがない。

「朔良の娘と……そもそも、社会人の男と女子高生がなんて……」

「イッチは、嫌なの？　私を、恋人にするのが」

ルナは、屈《かが》み気味の姿勢だった上半身を持ち上げ、背筋を伸ばす。

一悟の視界に、彼女の全身に近い姿が映った。

清潔感と可憐さが同居する、お嬢様高校の制服に身を包んだ体。

深い黒色の髪、スッと通った鼻筋、シミ一つない乳白色の肌、切れ長の瞳、長い睫毛。

タダでさえ、手放しに美しいと賞賛できる造形。

更にそこに、一悟にとっては非現実的な、叶うはずのなかった、どこか背徳《はいとく》的な要素まで加わる。

「昨日、イッチに助けられて、何か、私なりにお礼ができないかって思ったんだ。だから、私が恋人になれば、色々イッチに楽しい思いをしてもらえるかもしれないって考えて」

「そ、そんな理由で……」

「私は本気だよ」

初恋の人、彼女の母親、朔良にそっくりな顔と声で。

真剣な面持ちで。

その顔を、その唇を、間近に寄せて。

「ねえ、イッチ」

ルナは、言う。

「私を、イッチの恋人にしてくれませんか？」

第二章　冗談じゃない

You are
the daughter of
my first love.

「私を、イッチの恋人にしてくれませんか？」

酔《よ》い潰《つぶ》れて寝落ちした夜から一夜明け、目を覚ましたのは彼女の部屋のベッドの上。

自分の上にまたがるようにして乗っかったルナが、真剣な眼差《まなざ》しを向けてくる。

……しかし。

彼女の口から放たれた恋人宣言を受け、一悟《いちご》は数瞬《すうしゅん》の間、硬直《こうちょく》していた。

「ルナさん」

「……うん？」

「まずは、降りてもらっていいかな」

そう、一転して冷静になった一悟の態度に、ルナは「あ、はい」と、素直《すなお》に彼の上から身をどかす。

「ありがとう」

一悟はベッドの縁《ふち》から足を伸ばし、床《ゆか》を踏《ふ》む。

本気だと、真面目《まじめ》だと、そう言われたところで、無理なものは無理だ。

彼女も高校一年生……おそらく、年齢は15歳か16歳だろう。

まだ子供だ。

昨晩の発言により、本当に心の底から自分が本気にさせてしまったというのであれば、自分の責任だ。

自分が、きちんと筋道を立てて丁寧《ていねい》に……誠意を持って説得することが必要だろう。

と、一悟は考えている。

仕事柄、いかなる場面でも迅速《じんそく》かつ正確な分析力と判断力を必要とする一悟にとっては、慌《あわ》てて焦《あせ》って、パニックになるような醜態《しゅうたい》は、そう簡単には晒《さら》さない。

（……さて）

先刻までのやり取りを想起する。

あの表情、態度――ルナも自分から言い出した手前、引き下がる気はないようだ。

それは若さのせいもあるかもしれないが、簡単に引っ込みがつかなくなっている、という可能性もある。

ともかく、振り上げた拳《こぶし》の落としどころを作ってあげて、丸く収めなければならない。

「ルナさん、まずは――」

「うん、まずは朝ご飯にしよう」

一悟の真剣な言葉を遮《さえぎ》り、ルナは机の方へと向かう。

見ると机上には、既《すで》に朝食が用意されていた。

先に起きていたルナが、作っていたようだ。

「とりあえず、お話は食事をしながらにしよう？　私も、もうすぐ学校に行かなくちゃいけない時間だから」

「……………」

朝食は食パンのトースト。

それに、マグカップに注がれたコーンポタージュ。

おそらく、インスタントのカップスープだろう。

簡易的なメニューだ。

「あ、ごめんね。普段、一人暮らしだから、もう一人分の食器がなくて。今度からは揃《そろ》えておくね」

そう申し訳なさそうに言って、ルナが早速《さっそく》椅子《いす》に座る。

「……ふぅ」

軽食ではあるが、それでも寝起きで、若干《じゃっかん》の空腹感を覚える一悟にとっては食欲を刺激される。

嘆息《たんそく》を漏《も》らしながら、ベッドから立ち上がると、一悟は椅子に腰《こし》掛けた。

無論、決して小腹を満たしたくて彼女の言う通り動いたわけではないと、先に断っておく。

ひとまず用意してもらった食事を無下《むげ》にはできないという考えが働いたのと、話し合うなら対面になった方がいいと思ったからだ。

（……服は）

念のため、一悟は今の自分の格好《かっこう》を確認しておく。

纏《まと》っている衣服は……流石《さすが》に昨日のままだ。

よれてはいるが、脱いだりした様子はないようだ。

よかった——と、心の中で安堵《あんど》する。

あまり想像したくないが、これで彼女に何かしら手を出していたということがあったのなら、それこそ取り返しがつかない。

椅子に腰を下ろした一悟が、向かい合ったルナを見る。

ルナは小首を傾《かし》げ、愛《あい》らしい仕草で一悟を見詰め返している。

奇《く》しくも、昨日と同じ形式だ。

「……じゃあ、せっかく用意してもらったし、いただくよ」

「うん、いただきます。あ、コーヒーも淹《い》れてあるから、持ってくるね」

そう言って、ルナはキッチンに向かう。

コーヒーサーバーからケトルを外すと、既に中には香り高い黒色の液体が湯気《ゆげ》を立てて揺蕩《たゆた》っていた。

彼女はそれをマグカップに注ぐと、砂糖とミルクを添えて「はい」と、一悟の前に持ってきた。

手際がよく、気も利《き》く。

こういう育ちのよさというか、ちょっとした所作《しょさ》からは、朔良《さくら》に似た雰囲気《ふんいき》を感じてしまう。

やはり、血の繋《つな》がった娘――ということか。

「ルナさん」

大したボリュームはないので、食事は数分で終了。

食後のコーヒーを飲むルナに、折を見て、一悟が会話の口火《くちび》を切った。

「先程の、恋人どうこうという話だけど」

「うん」

「昨晩は僕《ぼく》も酔っていて、ああ返したが……よく考えてみてくれ。あれは冗談《じょうだん》だ。冷静に考えればわかる通り、僕と君が恋人の仲なんて当然ダメだ」

「どうして？」

と、ルナは純粋な表情で首を傾げる。

「君は高校一年生で15歳か16歳」

「今はまだ15歳だよ」

「15歳か。僕は社会人の28歳だ。歳の差が一回り以上離れているんだよ」

「私のお母さんとお父さんも、それくらいの歳の差で結婚したよ」

……痛いところを突かれてしまった。

そう、彼女は少し特殊な家庭事情を抱える家の子供。

朔良の娘なのだ。

正直に言ってしまえば、このシチュエーションは一悟にとっては精神に対する刺激が強過ぎる。

憧《あこが》れの人だった初恋の人の娘が、あの頃の面影《おもかげ》そのままの姿で目前にいる。

しかも、自分に好意を向けてきている。

……確固《かっこ》たる理性を働かせ続けなければならない。

「大丈夫《だいじょうぶ》だよ。私、絶対にイッチに迷惑をかけない」

一悟の抱える葛藤《かっとう》など知ってか知らずか、ルナは言う。

昨夜までの他人行儀《たにんぎょうぎ》な言葉遣いではなく、親密な砕《くだ》けた口調で、自分のことを昔の綽名《あだな》で呼び。

恋人だから、距離感を縮めてきたのかもしれないが、それがより一層、あの頃の朔良が目の前に戻ってきたかのような錯覚《さっかく》を増長させる。

「絶対にイッチのことを裏切ったりしない。人に何か言われたら、ちゃんと誤魔化《ごまか》すから。それに、もし他の大人に疑われたりしても、本当のことを言うよ。イッチに何か悪いことをされたわけでも、弱みを握られてるわけでもない。全部、私がお願いしたことだって」

「……そんな単純な話じゃないんだよ」

その辺の認識は、やはり15歳の少女のそれと言うしかない。

しかし、いくら言葉を連ねても、ルナも引く様子を見せない。

これは、もっと熱心に根気よく説得を続けなければならないようだ。

一度深呼吸を挟み、一悟は口を開く。

「ともかく――」

「あ、もうこんな時間」

そこで、一悟の言葉を遮り、ルナが時計を見ながら言う。

「イッチ、そろそろお仕事に行く時間じゃない？　私も、もう学校に行く時間なんだ。早くしないと、バスに間に合わなくなっちゃう」

そうこうしている内に、ルナの登校時間が来てしまったようだ。

彼女の通う高校は――今彼女が着ている制服からもわかるように、この地域でも有名なお嬢《じょう》様高校である。

確か、駅前から専用のバスが出ているはずだ。

「とりあえず、話は一旦《いったん》ここまでにして、家を出よう？」

「あ……ああ」

一悟はルナに「早く、早く」と急かされ、椅子から立ち上がる。

「おっと、そうだ」

昨日持ち歩いていた仕事用のパソコンも忘れず、一悟は一足先に玄関《げんかん》を出る。

そして、食器類をシンクに移動させ終わったルナも、学生鞄《かばん》を持って部屋から出てきた。

「お待たせ、イッチ……あれ？　どうしたの？」

「いや……」

ルナの部屋から少し離れ、階段の踊り場あたりで待っていた一悟。

流石に、女子高生の部屋の前で立っていて、他の住人に見付かったら怪《あや》しまれないか——と思ったからだ。

「あはは、大丈夫だよ。このマンション、実は人がほとんどいないんだ。私も、私以外に住んでる人と全《まった》く会ったことがないくらい」

「そうなのか」

「それに、人に見られてもちゃんと誤魔化すから、大丈夫」

「……だから、そう簡単な話じゃないんだって」

彼女の言う通り、階段を降り、エントランスを抜けるまでの間、他の住人にも管理人にも会うことはなかった。

「で、えーと……」

マンションの前に出て周囲を見回すが、特に人影は見当たらない。

朝特有の、少ししっとりした空気の中に、静寂《せいじゃく》だけが広がっている。

そもそも、居住者の少ない地区なのかもしれない。

さて、流れでここまで来てしまったが、この後どうするべきか。

牽制《けんせい》するように、一悟はルナの方へと視線を向ける。

「ねえ、イッチ」

するとそこで、ルナは一悟を見上げ返してきた。

「時間はあまりないけど……駅前まで、話しながら歩く？」

話し合いをしたい一悟に対する配慮《はいりょ》に、少しだけ自分の希望も加えたような。

そんな断りようもない提案を、彼女は発した。

※　※　※　※

『おはよう、イッチ』

朝――。

中学校への登校時間。

中学一年の一悟はいつも、同じ中学に通う三年生の朔良の家に、彼女を迎えに行っていた。

と言っても、中学進学を機に始めた習慣ではない。
元から家が近く、小学校の頃から自然と、一悟は朔良と一緒に登校するようになってい
たのだ。
二歳年上の朔良だけが先に中学校へ上がった時も、小学校と通学路が分かれる分岐点まで、
一緒に登校していた。
朔良も、そんな一悟の誘いを煩《わずら》わしいと拒否も否定もせず、いつも一緒に登校するため、
一悟が来るのを待っていた。
家業を営む朔良の家は、豪邸《ごうてい》とまではいわないが、それでも一般家庭に比べれば大きくて
立派なものだ。
その家の玄関を開け現れる、制服を纏った朔良の姿は、品のよいお嬢様と呼んで一切差し支
えないものだった。
朝方、鳥のさえずりが重なる空の下、二人揃って通学路を歩いた――。
――今、その時の記憶が、一悟の脳裏《のうり》では反芻《はんすう》されていた。
「ありがとう、イッチ。バス停まで送ってくれるなんて、優しいね」
「いや……君が言い出したことじゃないか」
一悟はルナの提案を飲み、彼女を駅前のバス停近くまで送ることにした。
……いや、正確には送るのではなく、まだ話が終わっていないので、その続きをするためな

のだが。

ルナ曰《いわ》く、この一帯は住んでいる人間も少ない上に、今の時間帯は人の流れもほとんどないらしい。

なので、妙《みょう》な目で見られる心配も薄《うす》いだろう――とのことだった。

そんな彼女の情報から問題ないと判断し、要求を受け入れることにしたのだ。

「……………」

ちらりと、一悟は横を歩くルナの姿を一瞥《いちべつ》する。

本当に、記憶の中の朔良とそっくりだ。

子供の頃、一緒に登校していた時の――隣から見た彼女の横顔が、そのまま重なる。

「どうしたの？　イッチ」

そこで、一悟の視線に気付いたルナが、そう問い掛けてくる。

一悟は慌てて、目線を前へ戻す。

「いや、別に……」

「ふふ……そんなに、誰かに見られてないか気になる？」

一悟の挙動《きょどう》不審を、不安からのものだと思ったのだろう。

ルナがおかしそうに微笑《ほほえ》みながら言う。

「心配しなくてもいいんだよ。恋人同士一緒に歩いてるだけで、普通の光景にしか見られないよ」

「……いや、それじゃあ困るんだけど……と言うより、僕と君の今の格好じゃあ、仕事に行く会社員の父親と学生の娘に見られるって方が普通だよ」

仕事鞄を持った一悟と、制服姿のルナ。

少し年齢差に違和感があるかもしれないが、そう感じる方が常識的な判断のはずだ。

ルナの多少ズレた見識に一悟が突っ込むように言うと、そこで彼女は楽しそうに笑った。

「あはは、やっぱりイッチは面白いね」

その言葉を聞いた瞬間、だった。

一悟の脳裏に、再びあの頃の記憶が蘇《よみがえ》った。

朔良と共に、通学路を歩いた時の記憶。

登校中、一悟は昨夜観たテレビ番組の話や、昨日の学校でのクラスメイトとの他愛《たあい》もない出来事などを、朔良に話していた。

その話に時折相槌《あいづち》を打ちながら、彼女は楽しそうに聞いていた。

『イッチの話は、いつ聞いても面白いなぁ』

そう言われて、一悟は素直に嬉《うれ》しくなったものだ。

本意かどうかはわからないが、それでも彼女の溌溂《はつらつ》とした笑顔が、自分の中にある満足感を満たしてくれたのだ。

姿も態度も、年上で憧れの人。

彼女と一緒に過ごす時間は、一悟にとってとても有意義なものだった。

しかし――やがて目的地である学校が近付いてくると、同じく通学途中の学生の姿も増えてくる。

朔良の同級生などが声を掛けてくるようになり、二人だけの会話は途絶《とだ》える。

美人で人当たりもよい朔良は、当然のように人気者だった。

学年が下の一悟は、そのままの流れで自然に彼女と別れ、自分の教室へと向かうのだった。

――そして、今、一悟の目前にいるのは、彼女の娘――ルナ。

今のルナは、あの頃の朔良と歳は変わらない。

故《ゆえ》に、あの頃の朔良を、今の自分が相手にしているような、そんな倒錯《とうさく》した感覚というか、幻覚を見ているかのようだった。

「別に、面白くはないだろう」

「面白いよ、お母さんが言ってた通り」

「………」

そのルナの発言を聞き、一悟は正気を取り戻す。

そう、彼女は朔良ではない。

首を振って、異常な思考状態に陥《おちい》ろうとしていた自身を立て直す。

「あ、見えてきた」

そうこうしている内に、駅前のバス停まで、もう目前という場所に到着していた。

時間が少なかったことと、昔の思い出を想起し勝手に動揺《どうよう》してしまっていた結果、結局恋人どうのこうのに関する話はまともにできず終《じま》いとなってしまった。

「ここから先は、人通りも多くなるから、ここまででいいよ」

一応、その点には配慮してくれたようだ。

ルナはその場で、くるりと一悟を振り返る。

「じゃあね、イッチ」

「………」

周囲を気にしてか、少し声を抑えて言うと、彼女は小さく手を振りながらバス停の方へと小走りで駆けていった。

その場に、一悟一人だけが残される。

「……仕方がない」

その場に突っ立っていても、無為に時間は進むだけだ。

一悟もまた、自宅へと帰ることにした。

※　※　※　※　※

ルナの住むマンションから、自分の社宅へと一悟は帰宅を果たす。

福利厚生《ふくりこうせい》の一環で提供されている、会社借り上げの一戸建てである。

「ただいま」

玄関でそんな声を発しても、答える者は当然いない。

『Sランク店の店長たるもの、独身社員寮に住んでたんじゃ格好も付かないだろう!』という エリア部長の鶴《つる》の一声で、本来なら家族を持つ社員しか対象でないはずの住宅が与えられたのだが、独身の一悟にとっては無駄に広過ぎる住まいという感じだ。

正直、使っていない部屋もいくつかある。

「……ふぅ」

昨晩から続く、この夢《ゆめ》か現《うつつ》かも判然《はんぜん》としない——非日常のような出来事の数々。

想起する記憶に気疲れを覚えつつも、何はともあれ、一悟は店舗に向かうための支度《したく》を開始する。

現在、午前九時前。

店舗の開店時間は10時。

幸《さいわ》いにも、今日の出勤予定時間は少し遅めだったので、そこまで急ぐ必要はない。

よれよれになった服を脱ぎ、ランドリーバスケットに放り込むと、浴室で軽くシャワーを浴びる。

少し熱めの温度設定にし、燻《くすぶ》っている二日酔《ふつかよ》いの不快《ふかい》感を吹き飛ばすように頭から湯を浴びると、風呂《ふろ》場《ば》から出て、仕事着のワイシャツとスラックスを着用。

その上に上着を羽織《はお》って、荷物を持つと、一悟は家を出た。

車に乗り込み、運転すること十数分——都市部郊外に展開するショッピングセンターへ。

その敷地内にある大型雑貨店へと到着する。

車は屋上の社員駐車場に停め、スロープを降りると、そのまま店の裏手へと歩いて向かう。

「あ、店長、おはようございます!」

「おはようございます」

「はい、おはようございます」

警備員や清掃員、行き交うアルバイト達と挨拶《あいさつ》を交わしながら、商管口《しょうかんぐち》を抜け、店舗のバックヤードの奥にある事務所へ。

「「「おはようございます」」」

入室すると、既に先に出勤していた社員達から挨拶をされる。

彼らと適度に会話をすると、一悟は店長の机に座り、持ち帰っていた仕事用のパソコンを起動させる。

まずは、会社の自分用メールアドレスに届いているメッセージを確認する。

部長や他店舗の店長、本部からの要望をはじめ、取引先からのメールもチェック。

確認が終わると、昨日作成していた書類を整理し、メールに乗せて一通り送る。

そんな、いつも通りの朝の作業を終えたところで――。

「店長、おはようございます」

やって来たのは、一人の女性だった。

長い栗《くり》色の髪《かみ》を項《うなじ》の上で一つに束《たば》ね、眼鏡《めがね》を掛けた、利発《りはつ》そうな顔立ちの女性だ。

「ああ、おはようございます。和奏《わかな》さん」

和奏――と呼ばれた彼女は、この店の副店長。

一悟よりも一歳年上の女性社員であり、彼女の方が社歴も長いが、立場としては部下である。

「特に報告事項に変更はないですか？」

「はい。昨日、電話での報告以外に、特に問題は起こっていません」

理知的な声音《こわね》と抑揚《よくよう》で、年下の一悟にもきちんと敬意を払い、彼女は報告を行っていく。

といっても、先程言った通り、これといって追加情報はない。

引き継いだ売り場計画の進捗《しんちょく》や、新人の採用情報等程度だ。

「店長、失礼ですが、昨夜は退勤後どちらに？」

「ああ、駅前のカフェで仕事をしていました。落ち着いた雰囲気で、書類仕事をするには最適なお店があって」

「特に、変わったことはなかったですか？」

和奏に問われ、一悟は一瞬ドキッとする。

「いえ、特には……ええと、どうしてですか？」

「そうでしたか。昨夜、その駅前周辺で泥酔《でいすい》した男性が通行人に暴力を振るって、警察官に取り押さえられるという事件があったと聞きまして。事件のあった時刻が、ちょうど店長へ報告の電話をした直後くらいだったので、店長も巻き込まれてはいないかと心配で」

「あ……なるほど」

「ですが、何もなかったということでしたら、よかったです」

そう言って、和奏は微笑《ほほえ》む。

……もしかしたら、自分がルナを助けた、あの酔っ払いの男性のことだったのかもしれない。

警察官に食って掛かるほど暴走したとなると、結構な危険人物だったようだ。

（……手遅れになる前に彼女を助けられて、よかったかもしれないな）

しかし、先程一瞬、和奏に昨夜のことを聞かれて狼狽《ろうばい》してしまった。

……いや別に、やましいことなど全くないのだけど……と、一悟は自分に言い聞かせる。

さて――簡単な朝の雑事が終わったので、一悟は店内の見回りを開始する。

まだ開店したばかりで、来客は少ない。

店内にちらほら見掛ける程度だ。

一悟が店長を務めるこの店舗は、家具や生活必需品をはじめ、工具や材木――その他にも、多くの工作材を扱《あつか》っている。

店内には工房・工作室も設備として備えており、そこでの作業も可能だ。

昨今の雑誌やSNSでのDIY女子特集、自身の活動を動画配信サイトで紹介する創作系配信者の台頭《たいとう》も受けて、そういった需要が高まっており、来店する客には若い層も増えている。

今はまだ穏やかだが、昼に差し掛かったあたりで客数は一気に増加する。

「……………」

いつも通り。

全て、いつも通りだ。

昨夜、自分が聞かされた情報の数々が、本当に現実だったのか信じられないほどに。

幼い頃、自身の前から姿を消した初恋の人が――もうこの世にはいないということ。

いや、信じられないというより、信じたくない、という方が適切だろう。

そのことを深く認識しようとすれば、心の中心にジワリと痛みが広がり、瞬《またた》く間に立ってさえいられなくなる。

だから押し止《とど》め、懸命《けんめい》に思考を塗り替える。

そして幸か不幸か、その紛《まぎ》らわしに助力してくれているのが、朔良の娘――ルナの存在と、彼女が巻き起こした今朝の喧騒《けんそう》だった。

それこそ、こちらだって本当に現実だったのか疑いたくなる。

でも、あれは確かに現実だ。

ルナとの関係性が周囲にバレ、何かの勘違《かんちが》いや行き違いでおかしな事態に発展する前に、彼女とはきちんと話をつけなくてはならないだろう。

「……そういえば」

と、不意に一悟は気付く。

彼女には自分が朔良の幼馴染《おさななじみ》だという話はしたが、それ以外の素性《すじょう》に関しては全く話していないんじゃなかったか？

少なくとも、自分の今の仕事、職場、役職……そういった情報を、話の節々で端的《たんてき》には匂《にお》わせたかもしれないが、明確に口に出した記憶がない。

（……それどころか、朝のドタバタで失念していたけど、連絡先すら交換していないじゃないか）

別に、彼女を疑っているというわけではないが、これは不幸中の幸いだったのだろうか……。

いや、違う。

そもそも、だとすれば、再会の予定が立てられない。

一悟とて、これでもう会わなくても済むとか、再会しない言い訳も立つとか、そんな無責任なことは考えない。

このまま無視などというやり方は——気持ちが悪い。

（……学校が終わる時間帯に目星を付けて……もしくは、昨日と同じくらいの時間に、また彼女の家に向かうか？）

幼馴染の人の娘であり、少なくとも自分に無垢《むく》な好意を向けてきてくれる少女に、誠意を持って、きちんとした決着をつけるため。

一悟は、彼女との再会の手立てを黙考《もっこう》する。

——しかし、結局そんな心配の必要はなかったと——この後、彼は思い知ることになる。

※　※　※　※

ルナと再会するための算段を考えつつ、平生《へいぜい》の業務も行っていると、時刻はいつの間にか昼食時を迎えていた。

店舗のスタッフ達が、シフトを見ながら交代で昼の休憩《きゅうけい》に入り始める。

「店長、ご昼食はいかがなさいますか？」

事務所にて、部長から出されたエリア問題の一つ——人件費削減に関する解決案を捻出《ねんしゅつ》するため、パソコンの前で唸《うな》っていた一悟。

そんな一悟へと、和奏副店長が尋《たず》ねてきた。

「ああ、もうそんな時間ですか」

この店での昼食は、お弁当《べんとう》の持参か、隣接するショッピングモール内のフードコートでの外食。

もしくは、出前の発注が主になっている。

出前を希望する者は、纏めて注文を取る。

一悟はいつも出前を頼んでいるので、今回もそうだと思われて聞かれたのだろう。

「ああ、じゃあ……」

当然、自前の昼食など持ってきていない一悟は、毎度のことながら渡されたメニューから料理を選ぼうとして――。

そこで、だった。

「すいません」

事務所のドアがノックされ、扉《とびら》が開くと、一人の警備員がスッと頭だけ入室してくる。

「どうしましたか？」

事務所スタッフの一人が警備員に聞くと、彼は頭を掻《か》きながらもう少しだけ扉を開けた。

「ああ、いえ、この子が店長をお訪ねで」

そう言った警備員の後ろから、一人の女子高生が姿を現した。

長い黒髪《くろかみ》に整った目鼻立《めはなだ》ち、睫毛《まつげ》に縁取られた美しい双眸《そうぼう》のその少女に、事務所内にいた全員が思わず見惚《みと》れる。

ただ一人――一悟を除いては。

「……ルナさん？」

今朝別れたばかりの格好で（当たり前だが）、ルナがそこにいた。

一悟は一瞬、周りの皆と同じように呆《ほう》け――そして直後、背筋《せすじ》が凍り付いた。

「皆さん、お邪魔《じゃま》いたします」

一方、そんな一悟の状態と対照的に、ルナは天使のような声音を発し、流麗《りゅうれい》な所作でぺこりと腰を折り、首《こうべ》を垂《た》れる。

「私は、姫須原《ひめすばる》女学院付属高等学校一年の、星神《ほしがみ》というものです」

丁寧なお辞儀《じぎ》に、丁寧な挨拶。

流石は、お嬢様学校。

礼儀も一流。

（……じゃなくて！）

現実逃避したがる脳《のう》を叱咤《しった》し、一悟は思考を巡《めぐ》らせる。

何故《なぜ》彼女が、ここに現れたのか。

しかし、混乱中の一悟の抱く疑問は、直後のルナの言葉によって簡単に説明がなされる。

更なる混乱を招《まね》く発言であったが。

「本日は、釘山さんにご昼食をお持ちいたしました」

そう、ルナは手に持っていた鞄からお弁当を取り出しながら言った。

かわいらしい色合いのナフキンに、弁当箱が包まれているのがわかる。

手作りのようだ。

おそらく、今朝、朝食を用意する傍《かたわ》らで作っていたのだろう。

否――今はそんな呑気《のんき》なことを考えている場合ではない。

女子高生が弁当を届けに来たという事態に、事務所スタッフ達はざわめき始めている。

すぐ横の和奏副店長も、ポカンと思考停止状態だ。

そんな彼女達の中をつかつかと歩み進み、ルナは一悟の前まで来ると、ニコッと微笑みお弁当を差し出した。

「はい、どうぞ」

「ちょ、ちょっといいかい！」

瞬間、一悟はルナの肩《かた》に手を置き、その場でぐるりと回転させ、皆に背を向けさせる。

そして自分も同様の向きになり、ルナに顔を寄せてひそひそ声で会話を始めた。

「どうして君がここに！」

そんな、慌てる一悟の姿が面白いのか、ルナは吹き出すのを我慢《がまん》しているようだった。

「私の高校、ここから結構近いんだ。色々と交通機関を乗り継いだら、10分くらいで来られたよ」

いや、違う。

それ自体は今、重要な情報じゃない。

そんなことは、今は措《お》いておく。

「どうして君が、僕《ぼく》の職場を知っているんだ」

「昨日の夜に、話してくれたよ？」

ルナが、さも当たり前のように、首を傾げながら言う。

なんてことだ。

本当に記憶がない。

酔い潰れる寸前、何の会話をしていたのか、よくよく考えてみれば不明瞭《ふめいりょう》な部分が多い。

一体、自分はどこまで話しているんだ？

「あと、その時一緒に、名刺《めいし》も渡してくれたから」

ほら、と、ルナはスカートのポケットから一枚の紙切れを取り出し、嬉しそうな顔で提示する。

それは紛れもなく、一悟の仕事用の名刺。

この大型雑貨店を経営する会社名と、店長という役職の印字された名刺だ。

昨晩、自分は覚えていないが、この名刺を彼女に渡していたようだ。

だから、自分の職業も職場も、事細かにバレていたのだ。

全て自分の身から出た錆《さび》——一悟は、頭を抱えるしかなかった。

一方——事務所内のスタッフ達も、混迷の中にあった。

謎の女子高生が、店長である一悟を訪ねて、しかもお弁当を届けに来た。

一悟は独身、当然、妻も娘もいないはず。

ならば、この少女は一体、一悟の何なのか？

……まさか、女子高生に手を出したのか、と、そうとも思われかねないシチュエーションである。

一悟も、スタッフ達も、場の空気ごと硬直している状態だ。

「あ、あの……」

そこで、おずおずと口を開いたのは、それまで完全停止していた和奏副店長だった。

「失礼ですが、その、店長とはどのようなご関係で？」

彼女もなかなか動揺しているようだ。

いつもの理知的な雰囲気を微妙《びみょう》に崩しながら、直截《ちょくさい》的な質問をルナにぶつける。

それでも、相手は一般人なので、丁寧な物言いである。

するとルナは、それに対し、

「はい。昨夜駅前で、お酒を飲み過ぎた様子の酔った男性に声を掛けられ、困っていたところを、釘山《くぎやま》さんに助けていただいたのです」

スタッフ達へ、筋道を立てて事情の説明を開始した。

「本日は、そのお礼がしたくて、お店の方にお弁当を持って参りました」

そうルナが説明をすると、「ああ……なるほど」「そんなことがあったのか」「流石、店長」と、スタッフ達も一応納得した様子を見せた。

年端《としは》もいかない少女の姿に、純粋無垢な雰囲気。

お礼の印としてお弁当を持ってきたというのも、逆に幼さ相応の謝意の表し方と捉えられ、かわいらしさを感じているのだろう。

説得力はあったようだ。

そのエピソードを聞いたスタッフ達から、賞賛される一悟。

ふと視線を傾けると、ルナは一悟の苦悩を知ってか知らずか、満面《まんめん》の笑みで微笑みかけてきた。

それもまた、腹立たしさよりも愛くるしさの方が勝る類《たぐい》の仕草で、一悟も不本意ながら毒気《どくけ》を抜かれる。

「もしかして、今朝お話しさせていただいた、例の警察と揉《も》めたという悪漢《あっかん》と関わっていたのですか?」

はたと思い出した様子で、和奏も一悟へと問い掛けてきた。

「え、ええ……その人と同一人物かは不明ですが、一応、彼女が絡《から》まれて困っていたので」

「そうだったのですね。そんなことがあったのなら、隠す必要などなかったのに」

和奏は、ふっと、一悟に対し好意と敬意を感じさせる微笑みを湛《たた》える。

どこか、誇《ほこ》らしげな表情にも取れる。

「けれど、その方が店長らしいと言えばらしいですが」

何はともあれ、なんとか社会的一命は取り留めたようだ。

内心で安堵する一悟。

その様子を横で見て、ルナは嬉しそうな様子だ。

※　※　※　※

その後、ルナはお弁当を渡すと、長居することなく帰っていった。

当然だが――彼女も学校の昼休憩を抜け出してここに来たのだ。

学業があるため、当然だろう。

彼女が持ってきた弁当は、高校生が作ったにしてはとてもよくできたものだった。

少し大きめのおにぎりが一つ。

おかずは塩焼きにした豚《ぶた》バラ肉を中心に、煮物《にもの》やホウレン草の胡麻和《ごまあ》えなどの野菜もあり、彩《いろど》り豊か。

更に、コンソメスープの入ったスープジャーも付属である。

まず一悟が率直《そっちょく》に思った感想は——朝食のメニューと全然違う、ということ。

大概の場合、弁当のメニューはある程度、朝食のメニューと連動するというか、朝食の余りを弁当に詰めたり、弁当のメニューの余りが朝食の食卓に出たりするものだ。

つまり、昼食時に弁当を持ってくることを決めて、尚且《なおか》つサプライズで差し入れに訪れることも、最初から決めていたということだろう。

……なんというか、年齢相応の悪戯心《いたずらごころ》に、謎の行動力が加わった結果、という感じだ。

とはいえ、せっかく持ってきてもらったのだし、手を付けないわけにはいかない——と、箸《はし》を伸ばしてみたところ、味も申し分ないクオリティーだった。

市販のコンビニ弁当にはない、家庭的な味付け。

正直、自分の作るものと比べても遜色《そんしょく》がないほど。

「いいなー、店長。女子高生の手作り弁当食べられて」

と、休憩室で食事をとっていたところ、他のスタッフ達に絡まれてしまった。

「俺もそんな女子高生と出会いたいな～」

「あんたには無理だね。店長みたいに、咄嗟《とっさ》にイカした行動ができないと」

若手社員の一人が、パートの年配女性にそう言われてからかわれる。

「店長！」

瞬間、一際大きな声が響き渡った。

大柄《おおがら》な体格の青年が、一悟の前にズイッと出てくる。

「さっきの美少女は、一体誰なんですか⁉」

そう叫ぶ彼は、体育大に通っているアルバイトの、青山《あおやま》という青年だ。

屈強《くっきょう》でガタイもよく、重量物の運搬で活躍してくれている。

若干、暑苦しいのはご愛敬だが。

「いや、昨日ちょっとした縁《えん》があって出会った女子高生だよ」

「店長が、痴漢《ちかん》に襲われてるところを助けたんだって」

一悟の発言に、横からパートの年配女性が付け足す。

「いや、痴漢じゃないんだけど……」

「流石っす、店長！　ところで連絡先は交換したんすか⁉」

「してないよ」

呆《あき》れ気味に一悟が言うと、青山は「ええ⁉　何故⁉」と、大仰《おおぎょう》なリアクションをする。

「いや、普通しないだろう？」

「いやいや、普通するでしょ！　『これも運命の出会いだから』とか言って！」

「うーわ、下心見え見え。というか、そんな古臭《くさ》い手段使うのはあんたくらいだよ」

横から、女子大生アルバイトの二人組が笑いながら言う。

「店長は紳士だから、あんたみたいにゲスい発想はないの」

「ハハハ……」

下心がなかったとは、言い切れないんだよな……。

昨夜のことを思い出し、一悟はそう内心で苦笑する。

「しかし、凄《すご》いできですね。今時の子って、結構こんくらいのもの作れるのかな？」

そこで、また別の学生アルバイトが、一悟の手元の弁当箱を覗《のぞ》き込む。

「いやぁ、これは慣れてる人間の仕事だよ。いつも自分で弁当作ってるんじゃない？」

「もしくは、母親に指導してもらいながら作ったとか」

――おそらく、作り慣れているのだろう。

皆口々に憶測《おくそく》を交えているが、噂《うわさ》の女子高生の家庭事情を知る一悟には、正解がわかっていた。

「………」

そこでふと、一悟の心に疑問が浮かぶ。

彼女は当然、自分の分の昼食も自分で作るのだろう。

だが、彼女は一人暮らしだ。

（……じゃあ、この弁当箱は……）

――さて、特に問題が起こることもなく、営業時間は経過し、夜。

「お疲れ様でした」

「店長、お疲れ様でしたー」

閉店作業を終え、今日の業務を終えたスタッフ達が、先に退勤《たいきん》していく。

一人、また一人と帰宅していく彼らを見送りながら、一悟も終業の準備に入る。

今日一日考え抜いた人件費削減対策案を書類の形に落とし込み、いつでもメール出しできる状態にする。

「さてと……そろそろ帰るかな」

店の施錠《せじょう》は警備員に任せているので、二、三引き継ぎして店を出るだけだ。

昼間の賑《にぎ》わいが消え、静寂に満たされた店舗から、一悟は退勤する。

出勤の時とは真逆のルート――商管口を出て、屋上駐車場へ。

「……ん？」

すると、商管口近くの発電設備の近く。

柵《さく》に体重を預けるようにして、何かを待っている様子の人影が見えた。

「………」

一悟は、その人影に向かって歩み寄っていく。

「何をしてるんだ」

「あ、イッチ。お仕事お疲れ様」

誰であろう、ルナだった。

一悟の存在に気付くと、振り返って柔和《にゅうわ》な笑みを浮かべる。

「何って、お弁当箱を返してもらいに来ただけだよ?」

そう、小悪魔のような、少し目尻《めじり》の上がった双眸を細めて楽しそうに言う姿は、年齢に似合わない妖艶《ようえん》な雰囲気さえ感じる。

あの頃、自分が恋心を抱いていた少女が時折見せていた、色気《いろけ》を醸《かも》す表情を彷彿《ほうふつ》とさせた。

加えて、あの頃の彼女が、自分には見せたことのなかった類の感情。

そんなものを至近距離で目の当たりにすれば、あられもない感情にも支配されそうになってしまう。

しかし――。

「いや、明らかに営業時間が終わるまで待っていたって様子だぞ」

それに対し、一悟は努めて平静《へいせい》を保ち、応じる。

「時間も、もう夜の九時に近い。こんな時間に一人でいたら、危険だろう」

純粋に彼女を心配する発言に、ルナは目をパチクリとさせる。

「大丈夫、大丈夫」

と、誤魔化すように笑うルナ。

彼女には、考えたら動く、行動力がある。

しかしそれは裏返せば、どこか危機管理意識の弱さも感じさせる。

「仕方がない、家まで送るよ」

「え？」

一悟が言うと、ルナは驚きの表情を浮かべた。

「本当に大丈夫だよ？　まだ、バスや電車も動いてるから」

「車の方が早いよ。昨日のことだってあるんだから、こんな夜中に女の子が一人で歩いてたら危ないし、それに、今後のこともちゃんと話し合わないといけないからね」

そうだ——と。

そこで一悟は、自分の鞄の中から、空の弁当箱を取り出す。

今日の昼、ルナに渡された弁当箱とスープジャー。

既に店舗内の休憩室で洗浄《せんじょう》も済ませてあるそれを、ルナへと返す。

「お弁当、よかったのかい？　これ、本来なら君の分だったんだろ？」

「……わかったんだ」

今朝、一人暮らしで二人分の食器がない——と言っていたのは彼女だ。

なら当然、弁当箱だって二つも持っているはずがない。

ルナは自分の弁当箱を使って、一悟のための弁当を用意したのだ。

（……しかも、おそらく、僕に渡すために、少しボリューム多めに作ってあったんだろうな）

流石に、女子高生用と考えると少し内容量も多過ぎる気がしたので。

そして、そんな一悟の推理は正解だったのだろう。

そこで、ルナのお腹《なか》が『グ～……』っと鳴った。

「まさか、お昼ご飯食べてないのか？」

「………」

頰《ほお》を紅潮《こうちょう》させ、そっぽを向くルナ。

昼の休憩時間を、ほとんど店に来る移動時間に充てていたためか。

とにもかくにも、彼女が一食抜いて空腹《くうふく》なのは、一悟も理解した。

はぁ、と嘆息する。

「ご飯、食べるか」

そう、ルナに提案する。

「家まで送るついでだ。外食は……流石にアレだから、何かドライブスルーでついでに買って帰ろう」

「いいの？」

「流石に、悪いからね」

一悟が言うと、ルナは数秒、目をしばたたかせた後――。

その顔に、うっすらとした微笑みを湛えた。

まるで、愛おしい存在を前に心が抑えられないような、そんな――言うなれば、愛情を感じさせる微笑みだった。

「イッチ、優しいね」

「?」

当たり前のことを提案したとしか思っていない一悟には、そんなルナの真意はわからない。

しかしふと、結局ここまで、彼女の望む通りの展開になってしまっていることに気付き「まさか、こうなることも全て計算していたのか?」などと、多少の疑心暗鬼《ぎしんあんき》に近い思考を巡らせてしまった。

「とりあえず、屋上の駐車場に行こう。車が――」

「そこに、誰かいるんですか?」

心臓《しんぞう》が跳ね上がった。

目前のルナも、びっくりした様子で目を丸める。

背後から聞こえた声に、一悟は慌てて振り返り、ルナを背中に隠す。

こちらに向けて、人影が歩いてくるのが見える。

屋外ライトの灯が届かない位置のため、誰なのかはまだわからない。

「ルナさん、隠れて」

「え？　隠れるって言っても……」

一悟は瞬時、すぐ近くの建物の壁際に移動する。

ルナも、あたふたしながらもそれに追従した。

できるだけ壁に密着し、一悟の体に隠れるように身を隠す。

微妙に灯から外れた位置のため、これで闇に紛れられる……はずである。

やがて、暗闇の中からこちらへとやって来たのは——。

「あ、店長だったのですね」

「和奏さん……どうされたんですか？」

帰ったはずの、副店長の和奏だった。

近くまで接近し、やっと一悟を認識できた和奏が安心した表情を浮かべる。

「忘れ物を取りに戻ってきたんです。店長は、今から帰るところですか？」

「あ、まぁ、そんなところです」

「誰かと話していたような気もしたのですが」

どきっ。

心臓が跳ね上がる。

「いえ、一人ですよ」

自身の背後で息を殺しているルナを、意識しないように努める。

そこには誰もいないという風に、雰囲気からも悟られないよう、彼女の存在を忘却《ぼうきゃく》しながら。

「そのようですね」

一悟の必死の誤魔化しが成功し、和奏は全く疑うこともなく、その場には一悟しかいないと受け入れたようだ。

少しだけ安堵する一悟――。

「ところで、今日の昼間の、あの女の子の件ですが」

――だったが、続いて和奏の口から出た言葉に、再び内臓を痛めつけられることになる。

「え？　ああ、あの女子高生のことですか？」

正に今、その女の子を背中側に隠している状況である。

ルナも緊張してきたのか、一悟の背中へと更に密着し、存在感を薄くしようと努力している。

「いい子でしたね。まだ若いのに、わざわざお礼に来るなんて」

「はい、そうですね」

背中越しに、ルナの体温を感じる。

早まる心臓の鼓動も、体を伝って彼女に届いているのだろうか。

焦っているのがバレているようで、少し恥ずかしい気分でもある。

「……ところで、店長、その」

「はい？」

和奏との会話はまだ続く。

集中を切るわけにはいかないが、どうしても生返事になりかけてしまう。

「店長は、お昼ご飯はお弁当の方がお好みですか？」

「え？」

「いえ、慣例なのでいつも昼食には出前を依頼していましたが、今日、届けられたお弁当をおいしそうに食べていらっしゃったので。家庭的な味の方が好きだとか、そういった嗜好《しこう》があるのであれば、お弁当の宅配を手配したり……その、よければ、余裕がある日は私が作ってきても……」

「え？」

いまいち会話に意識を向け切れない一悟が、そう聞き返す。

「あ、いえ、なんでもありません」

「和奏さん、忘れ物は大丈夫ですか？　多分、そろそろ警備員さんが施錠を終えてしまうと思います」

申し訳ないが、早めに会話を終えるため、一悟は和奏に、当初の目的を思い出させる方向へと話題を変える。

「あ、そうでした。では、また明日」

「はい、お疲れ様です」

その作戦が功《こう》を奏《そう》し、和奏は急いで商管口の方へと向かっていった。

「……今だ」

その隙《すき》に、一悟はルナと共にその場を後にする。

「急ごう」

「うん……ドキドキしたね」

「ああ、心臓に悪かったよ」

二人は一緒に、一悟の自家用車が待つ屋上駐車場へと、足早にスロープを上っていく。

「そうだ、さっき副店長さんも言ってたけど……」

そこで、ルナが一悟へと問う。

「お弁当、味はどうだった？　お口には合いましたか？」

「ああ、まぁ……おいしかったよ」

素直な感想を伝えると、ルナは嬉しそうに微笑んだ。

「うん、よかった、また作ってあげるね」

やる気満々なルナを見て、一悟は眉間《みけん》に皺《しわ》を寄せる。

弁当を持って店に押し掛けてきた――それは、一悟の中にある朔良のイメージには合わない行動だった。

でも逆に、もし当時の彼女に想い人がいたら……。

朔良は、その人のためにこんな行動を取るのではないか。

ルナの心臓に悪いサプライズに対し当惑を覚える一方、そんな、どこかときめきのような、背徳感《はいとく》にも似た感覚も覚え――相反《あいはん》する二つの感情に、一悟は悩まされた。

第三章　突発的デート

時々ふと、昔、朔良《さくら》とデートした時の記憶を思い返す。

……といっても、そんな淡《あわ》く甘酸っぱい青春じみた、価値のある思い出のように感じていたのは、自分だけだろう──と、一悟《いちご》は思う。

当時の一悟は子供で、当然財力も行動能力もない。

年に一度か二度、近くの遊園地やプールへ一緒に行ったり、それ以外は子供でも使える移動手段で行ける範囲のショッピングモールやゲームセンターなどの遊戯《ゆうぎ》施設、そんなところを歩き回った程度だ。

海や山へ遠出してのアウトドア。

数泊しての旅行。

海外。

当たり前だが、そんなものは夢のまた夢だった。

お金もなく、特別なイベントも提供できない一悟は、知恵とアイデアで必死に彼女の気分を盛り上げるしか方法がない。

そう考えると、大して彼女を楽しませることはできていなかったんじゃないかと、今となってはそんな気がする。

むしろ記憶を遡《さかのぼ》ると、逆に、朔良が行く先々の主要な場所で、出費をしてくれていた。

昔、夏休みに、朔良と近場のアウトレットモールへ遊びに行った時のことだ。

都会の方では有名な、アイスクリームの専門店が出店しており、そこでアイスをおごってもらったことがあった。

コンビニやチェーン店で売っているものとは違い、それなりの価格のものだ。

そもそも、アウトレットモールという響きが、子供心にお洒落《しゃれ》な感じがしたので、勢いで朔良と一緒に行こうと誘ったのだが、アウトレットは基本的に商店の複合施設、買い物をするための場所である。

金がなければ、ただ歩き回るしかなく、何もできない。

自分の無計画に彼女を付き合わせ、しかもお金まで使わせるなど……と、落ち込みかけていた一悟に、朔良は愛《あい》くるしい笑顔で言った。

『別にいいよ。せっかくイッチが連れてきてくれたんだから、思い出を作りたいんだ』

その瞬間《しゅんかん》に、彼女から香った、フローラル系の香水の香りまで覚えている。

ラベンダーに似た花の香りと、シトラス系のフルーツの香りの混ざった、甘い香り……。

……しかし、今にしてみれば恥《は》ずかしい思い出だ。

何も、その時だけのことじゃない。

それなりに裕福な家で育った年上の彼女は、幼く無知で無軌道だった自分に気を使い、知らないところで同じようにフォローしてくれていたのだろう。

今だからわかる。

そして思い返しても、正直情けない。

あの二人で過ごした時間が、特別で価値のある時のように思えていたのは、自分だけだったのかもしれない。

——あの頃、朔良は既《すで》に家庭の事情で婚約を決めていたのだろうか。

——人には言えないような重い悩みを抱えていながら、自分には隠して明るく振《ふ》る舞《ま》っていたのだろうか。

答えの出ない自問自答。

そして何も知らず、何も理解していなかった当時の自身に怒りが湧《わ》き——泣きたくなる、薄暗《うすぐら》い自己嫌悪。

その繰り返しだ。

※　※　※　※　※

親子連れ、カップル、老夫婦――。

軽快なBGMが頭上から流れ、様々な人々で賑《にぎ》わう、華やかな空間。

釘山《くぎやま》一悟は、目前にディスプレイされた商品の数々を見回しながら、興味深げに頷《うなず》いている。

「なるほど……確かに、これは凄《すご》い。来ておいてよかった」

この日、一悟は、自身の住む街にある、大型のショッピングモールへと訪れていた。

一悟の勤める店舗のある郊外のNSCとは違い、一つの建物の中に専門店が軒《のき》を連ねる、いわゆる複合施設だ。

場所も、都心部にかなり近い立地である。

無論、今日ここを訪れたのはプライベートな買い物目的ではなく、仕事の一環。

このショッピングモール内に最近出店した、競合企業の新店を偵察《ていさつ》に来たのだ。

この競合企業は、最近自社製品――いわゆるPB《プライベートブランド》商品が、テレビでの特集やSNSでの口コミで話題になり、注目を集めている会社だ。

PBのブランド化を狙《ねら》い、その先駆けとなるアンテナショップの一つとして、このショッピングモールへ店舗展開をしたのだろう。

こういった、他社の店を見て回り競合調査を行うことを、ストアコンパリゾンという。

「さて……」

話題商品の機能性、価格調査に加え、敷地面積に対する商品の展開規模や、品種、品目、品揃《ぞろ》えなど、一通り見終わったところで。

一悟は一息つき、頭の中を切り替える。

言うまでもなく、現在、彼が最も苦戦を強いられている問題――ルナとの関係性を今後どうするかという悩みにである。

ひょんなことから朔良の娘――ルナと出会い、彼女の部屋で一晩過ごし、早朝に恋人宣言を受け、昼には彼女が店まで弁当《べんとう》を届けにやって来た――そんな怒涛《どとう》の24時間を過ごした、あの日の夜。

ルナを家まで送った後、彼女の部屋で、ドライブスルーで購入した夕餉《ゆうげ》を挟みながら、話し合いをした。

毅然《きぜん》と、真剣に今後のことについて。

が、結局は堂々巡《どうどうめぐ》り。

頑《がん》として、ルナは全《まった》く退く気を見せなかった。

『イッチに迷惑はかけないよ』

ルナが用意した、食後のコーヒー。

渋《しぶ》みのある香りを漂《ただよ》わせる、黒色の液体――それが注がれたマグカップを両手で包みながら、ルナは至って真面目《まじめ》な口調で言う。

『今日、イッチのお店でやったみたいに、怪《あや》しまれないようにちゃんと誤魔化《ごまか》すから』

『いや、今日は確かにアレで済んだが……』

一悟は、困ったように髪《かみ》を掻《か》く。

『もしも、君の学校の関係者とか……それこそ、警察とかの目に触れたらどうするんだ？　関係性を怪しまれて、問い詰められたりしたら……』

『問い詰められるような事態になったら、きちんと事情を説明するし、イッチには何一つ責任も、やましいこともないって断言するよ』

――と。

ルナは終始《しゅうし》、真剣な眼差《まなざ》しと声で言った。

なんという、不穏《ふおん》な会話だろう。

まるで、隠れて不倫《ふりん》をしている男女そのものである。

逆に心配になった。

とにもかくにも、彼女は折れず――仕方なし、一悟は一旦《いったん》、お互いの連絡先を交換し、また機会を設けて話し合おうと提案。

ルナに見送られ、自宅へと帰ったのだった。

毅然と対応するということは、有無を言わさず突っぱねる、ということではない。

双方がそれ以上深手を負うようなリスクを冒《おか》す前に、納得せざるを得ない落としどころを見付けるということだ。

そう考えると、彼女ほどの強敵はいないだろう。

早急な解決には至れなかった。

（……まぁ、いい）

長期戦や泥仕合《どろじあい》は、この職業柄《がら》、別に珍《めずら》しいことじゃない。

特定の顧客とトラブルが起こり、その解決に二年費やしたこともあった。

店長クラスともなれば、お客様だけでなく、地主や取引先ともそういった事態になる場合もある。

だからといって焦《あせ》ったり、落ち込んだり、苛立《いらだ》ったりすることの方が危険に繋《つな》がる可能性が高い。

気長にやるしかないなら、それも仕方がないのだ――。

「……ん？」

そう考えながらモール内を散策していた一悟は、そこで、ある移動販売のバンを発見した。

おそらく、テナントで出店しているのだろう。

広々とした敷地を持つショッピングモールなので、建物の中にまでバンを入れることができるようだ。

「アイス、か」

カラフルなデコレーションに彩《いろど》られたＰＯＰやメニューボードを見るに、商品はアイスクリームのようである。

何やら、テレビや雑誌で特集されたという宣伝文句も見えた。

若者の行列ができていることから、結構な人気が感じ取れる。

「……そういえば昔、朔良とアウトレットモールに遊びに行って、都会から出店してきてた珍しいお店のアイスをおごってもらったことがあったな」

今にしてみれば、恥ずかしい思い出である。

一悟は苦笑する。

「………」

……最近妙《みょう》に、こうして朔良との思い出を想起《そうき》することが増えた。

きっと、先日のルナとの出会いが切っ掛けだろう。

今日まで怒涛の展開が続いていて気が休まらなかったが、こうして落ち着くと、今更のように朔良が死んだという現実を実感するようになってきた。

彼女の死因に関し、ルナは事故死だと言っていた。

何分、センシティブな内容だ。

自分にとっても、何より当然、ルナにとっても。

母親の死に関する話など、軽々しく彼女に聞けるはずがない。

だから、ルナと話す時も、この話題には極力触れないようにしてきていた。

……だからかもしれないが、それと比例して、日に日に朔良との記憶を思い出し、そして考えることが増え出したのだ。

16歳で結婚し、子供を産み、親となって生きた彼女。

実家を救うために、いわば政略結婚を強いられた彼女。

夫婦仲はよかった、とルナは言っていたが――しかし、だからこそ。

結婚した旦那《だんな》には先立たれ、残された彼女は女手一つで子供を育て――そして、不条理な出来事で生涯《しょうがい》の幕を閉じた。

自分には想像もつかないような人生……。

それでも彼女は、幸せな人生を歩むことができていたのだろうか、と。

「……アイス」

朔良との記憶を思い出し、そして、そんなセンチメンタルな思考を巡らせたからか。

店舗スタッフとの話題の種に並んでみようかな、と業務的な言い訳を挟みつつ、一悟は移動販売のバンへと歩み寄ろうとした。

そこで、不意に、視線を感じた。

具体的に言うと、斜《なな》め後ろの植え込みの方から。

……嫌《いや》な予感がする。

一悟は振り返る。

植え込みの陰《かげ》から半分顔を出して、誰かがこちらを見ている。

本気で隠れようとしているわけではない——わざと見付けてくれと言っているような姿だ。

嘆息《たんそく》を漏《も》らし、若干《じゃっかん》の呆《あき》れ顔を浮かべながら、一悟はその植え込みの方へと歩いていく。

「何故《なぜ》、君がここに……」

「あ、気付いてくれた」

悪戯《いたずら》好きの猫《ねこ》っぽい笑みを浮かべる彼女は、言うまでもなく、ルナだった。

今日は私服である。

白いフリルのあしらわれたブラウスに、紺《こん》色のスカート。

派手《はで》さのない服装は、制服を着ていた時の清楚《せいそ》な雰囲気《ふんいき》をそのまま残している。

しかし、一悟を前にした時の、少しはしゃぐようにぴょんとジャンプする仕草や、それと共に髪から香ってくるシャンプーの甘い匂《にお》いには、男心を擽《くすぐ》る効果がある。

「どうしてって、この前の夜、私の家で仕事の話になった時、気になる競合店があるって言ってたでしょ？」

「え？」

あまりにも初耳の言葉に、一悟は動揺《どうよう》する。

「それは、僕《ぼく》が君の家で酔《よ》っ払った時のことかい？」

「うん。で、次の競合調査の日にでも、偵察に行きたいって、そう言ってて。で、私がイッチにその日程がいつか聞いたら、教えてくれたでしょ?」

「……で、待ち伏《ぶ》せしていた、と」

溜息《ためいき》交じりに言う一悟。

自分の脇《わき》の甘さに対する諦念《ていねん》と、ルナの少々やり過ぎにも感じる行動力に、呆れの感情が浮かんだ結果だ。

しかしそこで、ルナは一悟の想定していなかった返答をした。

「違うよ。私、イッチにお願いしたんだよ。その日、学校が休みだから、イッチの偵察に一緒に付いていってもいいですか?って」

「……え?」

顔を上げた一悟の目に、ニコニコと満面の笑みのルナが映る。

「そうしたら、イッチ、全然大丈夫《だいじょうぶ》だって、そう言ってくれたよね」

「………」

ルナの発言に、一悟は一瞬、眩暈《めまい》を覚えた。

彼女の発言は、真実なのか?

いや、酔っ払って冗談《じょうだん》交じりに言った発言であっても、日取りや待ち合わせの時間を正確に決めていなければ、ここまでピンポイントで彼女と遭遇するはずがない。

おそらく、彼女の言った約束自体は、本当にしていたのかもしれない。

（……まさか、酔い潰《つぶ》れた勢いでそんなことまでしていたなんて……）

あの日の自分の間抜けっぷりを再認識させられ、更に落ち込み、頭を抱える一悟。

そんな一悟に。

「じゃ、行こう、イッチ」

ルナは、クルリと振り返りながら言う。

「……行く、って？」

「デートしようよ、恋人らしく」

彼女の無邪気《むじゃき》な発言に、一悟は更に懊悩《おうのう》を深める形となってしまった。

※　※　※　※

デートをしよう、などと軽はずみな発言をしているが、別にルナは一悟を陥《おとしい》れようとか、困らせようとか、悪意を持ってそんなことを言っているのではない。

それは、一悟もわかっている。

なので、ここで彼女を無理やり引き離すのも、拒絶するのも違うと思う。

……何より、彼女を振り切るのは不可能だろう。

今日までの経験則が、そう言っている。

加えて、厳密には一悟も、現在仕事中である。

最大目的の新店のチェックは完了したが、まだ他店舗の競合調査は残っている。

しかし、彼女から逃げるために帰る……というわけにもいかない。

今日、ここで彼女と出会ったのは、もとを辿《たど》れば自分の責任のようなもの。

デート、などという甘ったるい行為をする気はないが……別に、一緒にショッピングモール内の店を見て回るくらいは、許諾《きょだく》できる。

「但《ただ》し、当然だけどレストランとか、カフェとか、カラオケとか、遊戯施設とか、そういうところには行く気はないから。僕の競合調査に君が勝手に付いてくる、っていうその延長以外のことはしない。そのつもりで」

「うん、わかった」

「それと、この距離感は維持すること」

ルナから数メートルほど距離を取り、一悟は言った。

それこそ、そこらを行く若い恋人同士のようにくっ付いていては、意味がない。

なので、ある程度離れるのは必然である。

「わかってるわかってる、大丈夫大丈夫」

それに対しても、ルナはニコニコと微笑《ほほえ》みを絶やすことなく承諾する。

あえて興味を失わせるような言い方を一悟はしたのだが、ルナは全く意に介する気配を見せない。

自分が提案しているのは、単なるウィンドウショッピングの観察許可みたいなものなのに……どうして、そんなに嬉《うれ》しそうなのだろう。

（……なんだか、心がむず痒《がゆ》い……）

まるで素直《すなお》な子犬のように自分を追ってくる少女に、一悟は歩きながら、そんな心の葛藤《かっとう》を覚える。

傍《はた》から見ると、先行する一悟をルナが後から追い掛けているような形である。

もしも二人を注意して見る通行人がいたなら、まぁ、赤の他人同士とは思わないかもしれない。

それでも、怪しまれるような関係の者同士とは、思われないはずだ。

「私達って、周りの人達からどう見られてるのかな？」

そんな一悟の思考を読んだように、ルナが口を開いた。

「親子？　上司と部下？　恋人って思われてるかな？」

などと、変わらず高いテンションで絡《から》んでくる。

（……楽しんでるな、こっちの気も知らずに）

心の中で溜息を漏らす一悟。

しかし一方、そんな彼女の言葉の中に「なるほど」と思う箇所《かしょ》があった。

周囲の目線というものを気にしていたが、彼女となら最悪親子という印象でも通せるかもしれない。

「ちょっといいかな」

そこで一悟は、家具や寝具等のインテリア用品や、食器、調理器具等のキッチン用品を中心に販売している、ある雑貨店の前で立ち止まった。

「ここを見ていきたいんだ」

この店も競合……といっても、一悟の勤める会社のグループに比べたら、大分競争相手としてのランクは落ちるのだが。

調査のために立ち寄る予定だったが、幸《さいわ》い、ここなら親子が一緒に来ていても自然な場所だろう。

少なくとも、歳の離れた恋人同士ならもっと華やかな場所に行くだろうし――と、いうのは、一悟の勝手なイメージではあるが。

「他の会社のお店にまで偵察に来るなんて、大変な仕事だね」

店の入り口を潜《くぐ》り、店内の巡回を始める。

適度な距離を維持しつつ、ルナが背中から一悟へと喋《しゃべ》り掛けてきた。

「……まぁ、店長として当然の務めだよ」

店のトップに立つ者として、常に先を見据《みす》えて、新しいアイデアを出していかないといけない。

そのためのインプットも、怠《おこた》ってはいけない。

そう答えると、ルナは「そうなんだ」と、感心するように頷《うなず》いていた。

どこか誇《ほこ》らしげな感じなのは、どうしてだろうか。

「イッチ、凄いよね。この前の夜にも聞いたけど、Sランク店？　売り上げの上位店舗の責任者で、しかもその若さで店長って、そうそういないんでしょ？」

「……そんな、自慢《じまん》じみたことも言ってたのか」

ルナから、先日の夜の会話に関する情報を聞かされる度に、少し情けない気分になる一悟だった。

「この前お店に行った時も、お店のスタッフの人達から慕《した》われてたみたいだし。仕事もできて、人望もあって、イッチって実はかなりの優良物件なのかな？」

女子大生のアルバイトと同じようなことを言い出し、ルナは一人でテンションを高めている。

「うわー、私って実は凄い幸せ者なのかな？　そんなイッチの恋人になれて」

「はいはい」

そんなルナを適当にあしらいながら、一悟は店に並ぶ商品や、店内の雰囲気、売り場のデザイン等を観察していく。

「真剣だね」

そんな一悟を見詰めながら、ルナは呟《つぶや》く。

そして――。

「うーん、アイデア、アイデアか……」

と、何やら唸《うな》り出した。

「どうかしたのかい？」

「んーん、私も、何かアイデアを出そうと思って」

せっかく、一緒にいるんだからさ――と、ルナ。

それこそ、デート中の二人がするようなことではないだろうに、と――一悟は不覚にも笑ってしまった。

「別に、いいよ」

「でも、私みたいな客層目線の意見って重要じゃないかな？」

何気に、ノーとは言えない発言をぶつけられ、一悟も口を噤《つぐ》む。

「そうだなぁ……あ、そういえば」

そこで、何かを思い付いたのか、ルナが頭上に電球でも浮かんだような表情になった。

「この前お店に行った時に見たけど、イッチのお店って工作室があったよね？　色んなものが作れる」

一悟が店長を務める大型雑貨店は、来店者が自由に使える設備として、工房・工作室がある。

工具や道具も、無料で貸し出している。

加えて、子供を対象とした工作教室や、専門知識を持つスタッフが指導するカルチャー教室等も開催している。

「その工作教室のメニューの中に、プラスチックの板を使って作るキーホルダーみたいなのがあったよね？」

「ああ、プラ板キーホルダーか」

プラスチック板に絵を描き、熱して縮め、キーホルダーを作製する。

子供向けの工作だ。

「見本品が飾られてたけど、基本的には店側の用意した塗り絵帳や、写真とかのイラストを写してる感じだよね？」

「ああ」

「そういうのじゃなくて、流行《はや》り物の絵を取り入れてみたら？　今ならほら、〝●滅の刃〟とか。『あの大人気アニメのイラストで、君だけのキーホルダーが作れる！』みたいな感じで」

「著作権の関係でダメだよ」

そう一刀両断され、「むー」と唸るルナを見て、一悟は微笑《びしょう》を漏らす。

「そういう、集客や売り上げへの貢献《こうけん》的なものよりも、商品機能のアイデアとかの方がいいかな。何か、こういう商品があったら便利、みたいな意見はあるかい？」

「んー……あ、じゃあこういうのは？」

そこでルナが、近くの棚《たな》に陳列《ちんれつ》されていた商品——食品用タッパーを手に取る。

「組み替えられるお弁当箱」

「……ん？」

「大枠のお弁当箱と、その中に入れられる小型のこういうタッパーみたいな小箱をいくつか別売りして、サイズも何段階かの大きさを用意して。例えば、前の夜におかずを用意して、その小箱のタッパーの中に入れて冷蔵庫に入れておいて、朝になったらお弁当箱の中にその小箱を並べれば、すぐに用意もできて手間要らず！　おかずのバリエーションで好きなようにお弁当の中身も変えられる！　……みたいなの、どうかな？」

「……なるほど」

言葉足らずな部分もあったが、懸命《けんめい》に説明してくれたため、一悟の頭の中でもイメージが湧いた。

そして、決して悪いアイデアではないと思った。

「それはありかもしれない」

「本当？　やった」

嬉しそうに、ルナが満面の笑みを浮かべる。

「ね、素人《しろうと》の意見でも結構いい線いってるでしょ？　こんな感じで、普段ご利用いただいてるお客さん達からも意見を集めてみたら？」

「ご意見ボックスみたいなのを設置するってことか？」

「ううん、もっと大規模に。新商品開発アイデア選手権！　みたいに」

「大規模過ぎるよ、そこまで大事《おおごと》だと色々手間が……」

いや、待てよ――。

そこで、一悟は考える。

何も、店頭で開催や、はがきで募集――という方式にこだわる必要はない。

ネットアンケート――企業のアプリを利用する方法はどうだろう？

今現在、一悟の店でも注力している通り――アプリ会員の増加は、会社的にも力を入れて行っている。

この機会に、アプリを使ったイベントとして、顧客から商品改善のアイデアを募集するというのはどうだろうか。

応募者には、全国の店舗で使えるお買い物ポイントをプレゼントするという形にすれば、集客力も稼げる。

どこの誰ともわからない民間から幅広く募集するよりも、普段利用する顧客からなら、需要の高いアイデアも集まるはずだ。

「どうしたの？　イッチ」

「いや、君のおかげで結構いい提出案を思い付いたかもしれない」

一悟が言うと、ルナは「そっか、よかった」と、嬉しそうに笑う。

そして、先程同様、じっと見詰めてくる。

それに気付いた一悟が、視線を上げた。

「どうかしたかい？」

「んーん、集中してる時のイッチの真剣な顔、カッコいいなと思って。あ、普段からもカッコいいんだけどね」

そう言われて、一瞬、心臓《しんぞう》がドキリと高鳴った。

そして次の瞬間、正気に戻る。

ルナが、至近距離にまで接近して、自分の顔を覗《のぞ》き込んできていることに気付いたからだ。

「ダメだよ、近過ぎる」

「ええ、ちょっとだけ、ちょっとだけ」

グイグイと体を寄せてくるルナから、逃れるように身を捩《よじ》る一悟。

その時だった。

「あ、店長？」

聞き覚えのある声が聞こえ、一悟は背骨《せぼね》を引っ張り上げられるような、そんな衝撃に襲われ体を硬直《こうちょく》させた。

音源に振り向くと、そこに、店舗で働く主婦パートの一人がいた。

今日は、確か休日のスタッフだ。

「こんにちは、店長もお休みだったんですね」

「あ、いえ……」

まずい！　――と、咄嗟《とっさ》に思う。

正確には競合調査に来ているので休日ではなく業務中ではあるのだが、その点を指摘している場合ではない。

ルナと一緒にいるところを目撃された。

彼女達主婦パートの手に掛かれば、どんな言い訳を並べ立てようと明日には店中で……いや、今夜には携帯のメッセージアプリで一瞬にして拡散されてしまう。

全身に、冷や汗がジワリと浮き出る。

しかし。

「今日はお一人ですか？　たまの休日くらい、彼女と一緒に過ごせばいいのに」

「……え」

主婦パートの発言に振り向くと、すぐ横にいたはずのルナの姿が消えていた。

見ると、いつの間にかルナは主婦パートを挟んだ向こう側にまで移動し、こちらに背を向けて商品の棚を眺《なが》めている。

気付かれていない。

完全に、他人のふりをして、誤魔化してくれているようだ。

「そ、そうですね、本当に」

その後、主婦パートは一悟と適当に雑談を交わし、既に買い物も終わっていたようで、店から去っていった。

「……ふう、危ないところだった」

「危ないところだったね」

胸を撫《な》で下ろす一悟の元に、ルナが戻ってくる。

「私も、ちょっとドキドキしちゃった」

台詞《せりふ》とは裏腹《うらはら》に、彼女の表情は実に楽しそうで。

そんなルナを見ていると、一悟は体から力が抜けるような感覚を覚えた。

※　※　※　※

このままここにいたら、また休日の顔見知りと遭遇するかもしれない。

とりあえずそそくさと店から撤収《てっしゅう》し、ショッピングモールに併設《へいせつ》された駐車場へと向かう。

「もう帰るの？」

「ああ、必要な調査は一通り終わったからね。家に帰って、書類を作るよ」

ついでに、ルナも家まで送るため、彼女も助手席に乗せ、車のエンジンをかける。

「あ、そういえば」

駐車場を出て走り出したところで、ルナが思い出したように口を開いた。

「アイス食べ損ねちゃったね」

「アイス？」

「ほら、アイスのお店に並ぼうとしてたから」

「ああ……」

隠れている彼女を発見する直前、アイスの移動販売のバンに並ぼうとしていたのを、一悟も思い出した。

「私もアイス食べたかったなー……あ、あそこ」

赤信号に摑《つか》まり停車したところで、ルナが何かを見付けて指さした。

見れば、道沿いにチェーン店のアイスクリーム屋がある。

ピンクと水色でデザインされた看板が、カラフルに光って自己主張していた。

「あそこ、寄っていかない？」

ルナが無邪気に振り返り、そう提案する。

「私、おごるよ？　いつもご馳走《ちそう》してもらってるから」

「……いや」

先程、ルナがアイスの話題を出したからだろうか。

一悟の脳裏《のうり》に、記憶の中の朔良の姿が浮かび――そして、彼女に重なって見えた。

「僕が、おごるよ」

自然と、そう言っていた。

「いいの？」

減速させた車をアイスクリーム屋の敷地に入れ、駐車スペースに停める。

先刻の主婦パートとの遭遇の件もあり、二人で買いに行くのも少し心配なので、一悟はルナにお金だけ渡して買ってきてもらうことにした。

「何か注文は？」

「何でもいいよ。君が好きなものを買ってくればいい」

そう言って送り出す。

ルナが店へと向かい、少し経《た》った後。

「お待たせー」

両手にそれぞれ、コーンに載ったアイスを持って、彼女は車へと戻ってきた。

見た目と香りから察するに、チョコミントとバニラのアイスを買ってきたようだ。

「はい」

「ありがとう」

一悟が渡されたのは、バニラアイスの方だった。

早速、溶けない内に口に含むと、シンプルなバニラアイスの味が口の中に広がる。

「そっちもちょうだい」

そこで、助手席からルナが体を動かし、一悟の持つバニラアイスにはむっと齧《かじ》り付いてきた。

あっ、と言う間もなく、元の体勢へと戻ったルナは「うん、おいしい」と奪ったアイスを堪能し、一悟の方をチラリと見てくる。

「イッチも、私の欲しい?」

「うーん、ミントは少し苦手だから」

「そうなんだ……失敗」

一悟の返答に、ルナは何故か不服そうだった。

「あ……」

ふと見ると、ルナの頰《ほお》にバニラアイスのかけらが溶けて付着している。

「ルナさん、頰に付いてるよ」

それに気付いた一悟が、自身の頰を指し示しながらルナに教える。

「え?」

一悟のジェスチャーを理解したのか、ルナはサイドミラーで自身の顔を確認した。

「あ、ありが……」

そう言いかけたところで、何かを思い付いたようにルナは言葉を止めた。

「あ、そうだ、ハンカチ持ってくるの忘れちゃったんだった」

「………」

……まさか。

ルナは自身の頬を指さして、一悟の方を振り向く。

目尻の上がった双眸《そうぼう》を細め、悪戯っぽく笑うと、妖艶《ようえん》な色気《いろけ》が醸《かも》し出される。

「イッチ、舐《な》めてもいいよ」

「……舐めないよ」

「別にいいんだよ、誰も見てないし」

車内には二人だけ。

閉鎖された空間で、ルナは蠱惑《こわく》的な提案をしてくる。

「お母さんとはこんなことできなかったでしょ?」

「う……」

ルナの発言に、少し口ごもる一悟。

――数秒の沈黙が流れる。

「……いや、ルナさん、常識的に考えて……」

「えへへ、嘘《うそ》嘘、わかってるよ」

緊迫した空気に、限界を察したのだろう。

ルナも本当は照れていたようで、慌《あわ》ててハンカチを取り出すと、赤みのさした頬を拭《ふ》く。

（……忘れてないじゃないか、ハンカチ）

そんなやり取りを挟みつつも、しばらく二人でアイスを食べ続ける。

外から隔絶《かくぜつ》された、狭い車中——二人きりの時間が流れる。

「……君は、こんなことをしてて楽しいかい」

やがて、口を開いたのは一悟だった。

「うん？」

「恋人になりたいと、真剣だと君は言っていた。けど、僕とやっているこの関係性は、恋人ごっこのようなものだろう？　普通の恋人関係よりも不自由も多いし、窮屈《きゅうくつ》だと思わないのかい？」

「楽しいよ」

率直《そっちょく》な疑問を口にした一悟に、ルナは即答した。

やはり、彼女の意志は簡単には揺《ゆ》るがないな——と、一悟が思っていると。

「こんな風に何も気にせず、誰かと遊び回るの、初めてだから」

そう、ルナが言葉を続けた。

　そんな彼女の発言に、一悟は引っ掛かる。

（……お嬢《じょう》様学校だから、そういうの、あまりよい目で見られないのかな？　……いや、それを言い出したら僕とのこんな関係だって、大問題以前の話なんだけど）

「イッチ、もしかして自分のことを楽しくない人間だと思ってる？」

　助手席で手に付いたアイスを口に含み、舐め取りながら、ルナが言う。

「全然、そんなことないよ。本当に。それに、イッチは優しいから、安心して甘えられるし」

「え？」

「だって、本当に私と一緒にいるのが嫌《いや》なら、走って逃げればいいのに、そうしないでしょ？」

「走って逃げたりしたら、君が叫《さけ》んで大騒ぎを起こすかもしれないだろ」

「そんなことしないよ」

　むすっ、とした顔になるルナ。

「だから、楽しくて、安心できて……ほっとして、居心地がいいんだ。こうやって、なんだかんだで私の我儘《わがまま》にも付き合ってくれるし……あ、もしかして、イッチも本当は私のことが好きなの？」

　期待するように熱の籠《こも》った視線を送ってくる彼女に、とりあえず「違う」と否定しておく。

　けれど、彼女の言葉に図星《ずぼし》を突かれた気もする――と、一悟はその時、思った。

　相手の行動を予測し、内緒で先回りして、追い掛ける。

先日の弁当《べんとう》の件といい、こんな行動的なイメージは朔良には抱かなかった印象だ。

けれど、だからこそ。

好きな人が、自分の前では見せたことのなかった意外な一面を見ているようで、新鮮なような、ドキドキした気持ちになった。

理性では困ってはいるけど、満更《まんざら》でもない感じだ。

※　※　※　※　※

——昔、朔良と一緒に遊びに行った時の記憶を、思い出すことが増えた。

一悟はデートの感覚だったが、当時は子供で、当然財力も行動能力もなく、大したことをしてあげられなかった。

情けない記憶だ。

あの二人で過ごした時間が、特別で価値のある時のように思えていたのは、自分だけだったのかもしれない。

——あの頃、朔良は既に家庭の事情で婚約を決めていたのだろうか。

——人には言えないような重い悩みを抱えていながら、自分には隠して明るく振る舞っていたのだろうか。

答えの出ない自問自答。

そして何も知らず、何も理解していなかった当時の自身に怒りが湧き——泣きたくなる、薄暗い自己嫌悪。

その繰り返しだ。

……………。

……だったから——だろうか。

今のルナの姿を見ていると、当時の朔良を喜ばせられているような、満更でもない不思議な感覚を覚えるのは。

第四章　手作りのプレゼント

思いがけないことが起きる――という体験を、ここ数日で嫌《いや》というほど味わってきた釘山《くぎやま》一悟《いちご》だったが、ハプニングはハプニングを呼ぶというものなのか、このような事態は連鎖《れんさ》するものなのかもしれない。

〝その事件〟が起こったのは――一悟がルナの家に赴《おもむ》き、今回で二回目となる、自分は一悟の恋人になると譲《ゆず》らない彼女への説得を試みていた、その最中だった。

「いい加減、理解してくれないか？」

前回と同様、一悟はいかに自分と彼女が恋人関係を結ぶことが、たとえ両者同意の上でのことであったとしても、常識的・社会的に不可能なものなのか、その説明を行っていた。

「理解はしてるよ。それでも、私は本気でイッチのことが好きで、恋人になりたいの」

しかし、正論を連ねた後の一悟の問い掛けに対し、ルナはやはり譲らない。

「はぁ……」

一悟はそこで、盛大な溜息《ためいき》をつく。

ルナに対する嫌気《いやけ》とか、そういった気持ちの表れではない。

You are
the daughter of
my first love.

それは自嘲《じちょう》の嘆息《たんそく》に近かった。

（……もしかしたら、僕《ぼく》の言い方や態度が、甘過ぎるのかもしれないな）

先日も、ショッピングモールからの帰り道の途中、車中でアイスを食べながらルナと雑談をしていた時のこと。

その時にも、彼女に『なんだかんだで、許してくれる』『一緒にいると安心できる』と言われたのだ。

好意的な言葉だが、それは視点を変えたなら、一悟自身の真剣な言葉が彼女には届いていない、という意味にも捉《とら》えられる。

（……もっと厳しく言い切るべきか……）

一悟は仕事中も、滅多《めった》なことでは声を荒《あら》げない。

というか、そんなことは今まで一度もなかった。

感情に訴えて周囲に気を使わせるなんて赤ん坊と変わりないし、人間には誰にだって長所と短所がある。

相手をなじることも責めることもせず、だからといって恥《はじ》を自覚させるようなこともせず、筋の通った説明をする方が、効率的だと考えているからだ。

何より、それで逆に彼女を逆上させてしまったら、意味がない。

再三になるが、感情的になるのは逆効果だ。

当初の目的から外れ、お互いにただの意地の張り合いに発展してしまう可能性もある。

「………」

一悟はそこで、チラリと壁掛け時計を見る。

時刻はもう、夜の10時前。

流石《さすが》に、女子高生の部屋にこれ以上長居するのは忍びない時間帯である（以前、一泊しておいてなんだが）。

それに、明日は祝日。

世間一般的には休日だが、自分は仕事である。

むしろ、だからこそ接客業が繁忙《はんぼう》を極める日だ。

自分も早く帰って、明日に備えたい。

「仕方がない……また、日を改めよう」

疲労の蓄積もあってか、一悟はそこで、若干疲《じゃっかんつか》れ気味の低い声を発した。

髪《かみ》を掻《か》きながら、椅子《いす》から腰《こし》を浮かす。

「今日は、失礼させてもらうよ」

そう別れの挨拶《あいさつ》を発し、立ち上がろうとした。

そこで、だった。

「イッチ……あの」

そこまで押し黙《だま》っていたルナが、ぼそりと、小さく口を開いた。

「本当に、イライラしてる?」

「……………」

少し怯《おび》えながらのような、恐る恐るといった感じの、ルナの質問。

上目遣いで見上げてくる顔は、悲しそうな表情をしていた。

(……しまった)

表情か態度か、ともかく彼女に感情的な素振《そぶ》りを見せてしまっていたようだ。

「いや、別にそんなに怒っているとかじゃなくて……」

一悟は慌《あわ》てて、しどろもどろになりながらルナへフォローを行う。

朔良《さくら》に似たその顔で、悲しみに暮れている表情を見せられると、心が強く痛む。

全《まった》く、自分の優柔不断っぷりが情けない。

しかし、求めているのは彼女の納得を踏まえた上での平和的解決なのだ。

激情に訴えてはいけない。

「と、とにかく、今夜はもう遅いから。君も戸締《とじま》りして、温かいものでも飲んで寝るんだよ」

声のトーンを少し上げ、明るい声音《こわね》でそう言うと、朔良はすぐにニコリと破顔《はがん》した。

「優しいね、イッチ」

向けられた笑顔に、ドキッとする。

一悟の気がその一瞬《いっしゅん》、ふわりと浮ついた。

注意力が散漫《さんまん》になったのだ。

それが原因だった。

「あ――」

そこで、一悟は足元をよく見ておらず、結果、床《ゆか》に転がっていたクッションを誤って踏《ふ》んでしまった。

気付いた時には、もう遅い。

踏ん付けたクッションは滑り、一悟は思い切りバランスを崩す。

まずい、と思い、慌てて体勢を立て直そうとするが、既《すで》に重心は上半身に移動しており――つまり、後は倒れるだけの死に体と化していた。

「イ――」

ルナも反応するが、彼女の手助けが届く時間はない。

咄嗟《とっさ》、よろけた一悟は、近くにあった棚《たな》へと腕を伸ばす。

ルナの家族写真や、その他、彼女のアクセサリ類が置かれている、何の変哲《へんてつ》もない木製のカラーボックスだ。

おそらく、市販の雑貨店などで売られているだろう、至って安物の家具。

だから、直後に起こったのは当然の出来事だった。

慌てて腕を伸ばし、天板《てんばん》に手を置き、体重をかけてしまった結果——バキッと、大きな音を立てて、カラーボックスの天板が割れた。

「っ、とっ！」

更に勢いは止まらず、そのまま棚板《たないた》まで巻き込んで粉砕《ふんさい》し——。

横転。

巨大な転倒音が室内に響き渡り、その一瞬、ルナは思わず目を瞑《つむ》って顔をそむけてしまっていた。

「ああ……」

「大丈夫《だいじょうぶ》、イッチ⁉」

直後、破壊されたカラーボックスと一緒に倒れた一悟の元へ、ルナが急いで駆け寄ってくる。

一悟の手を取り、傷がないか確認する。

「怪我《けが》はない？」

「ああ、僕は大丈夫だ」

転んだ拍子《ひょうし》にどこかを捻《ひね》った感覚もなかった。

折れた木材等が、どこかに刺さった様子もない。

「それよりも……」

一悟は、自身の下敷きになったカラーボックスの残骸《ざんがい》を見る。

天板から、下の棚板まで割れてしまい、更に横転した拍子に背板《せいた》も外れてしまっている。

最早《もはや》、修復は困難だろう。

原形を留めていないほど、派手《はで》に破壊してしまった。

完全に、粗大《そだい》ゴミと化している。

「すまない……僕の不注意だ」

「大丈夫だよ」

落ち込む一悟の手を取り、ルナが優しく微笑《ほほえ》む。

「事故だったから仕方がないよ。それより、イッチが無事でよかった」

ルナに、そんな温かい言葉を掛けられ、一悟は更に自責《じせき》の念が強まる。

「とりあえず、片付けをするよ。ルナさんは危ないからちょっと離れてて」

「大丈夫、手伝うよ」

ルナから不燃物《ふねんぶつ》用のゴミ袋をもらい、その中に木材の破片《はへん》を入れていく。

細かいものは箒《ほうき》と塵取《ちりと》りで集め、それと並行して無事なアクセサリ等を救出する。

「そういえば、思い出すな……」

朔良とルナの写った家族写真を拾い、フレームが割れていないか確認する。

その最中、朔良の写真を見て、一悟がそう呟《つぶや》いた。

「子供の頃、朔良の家に遊びに行った時にも、同じことがあったんだ」

「え？」

不意に発せられた一悟の言葉に、ルナが反応する。

「朔良と一緒にテレビゲームをした時だったかな。ゲームで勝って、いい気になって飛び跳ね回ってたら、同じように家具を壊《こわ》しちゃってね。その時も、似たような小さな棚だったな」

今回のような事故ではなく、完全に調子に乗った結果の自業自得だった。

その時も、今のルナと同じように、朔良は笑って許してくれた。

しかし、彼女の前で失態《しったい》を犯してしまった上に、迷惑を掛けてしまい、一悟の気は収まらない。

（……結局、その時は、新しい棚を自分で作って弁償《べんしょう》したんだっけな）

そう、心の中で当時の記憶を想起すると。

「悪かったね、これ、弁償するよ」

一悟はルナの方を振り返り、そう言った。

「いいの？」

「当たり前だよ。それに何を隠そう、僕の店は雑貨店だからね」

一悟が店長を務める店舗は、大型の雑貨店。

無論、家具も各種取り揃《そろ》えている。

「似たような棚もあるから、明日にでもそれを買って持ってくるよ。その時、こっちの残骸も僕が引き取って処分するから」

「……………」

一悟と一緒に、床に散らばった私物を拾い集めていたルナは、そこで何かを考え込むように押し黙っていた。

綺麗《きれい》な黒髪《くろかみ》が掛かった肩《かた》の向こう――可憐《かれん》な横顔が、どこか俯《うつむ》き気味に視線を落としている。

「……ルナさん?」

「あ、うん、わかった。ありがとう、イッチ」

そこで、一悟の掛けた声が聞こえたのか、ルナは返事をする。

そんな彼女の反応を、その時の一悟は多少不思議に感じただけだった。

何はともあれ、後片付けも一通り終了。

ひとまずその日は、それでお別れという形になった。

――そして事件は、翌日に引き継がれることとなる。

※　※　※　※

――翌日。

暦《こよみ》の上では、祝日のこの日。

一悟の店は、普段の平日に比べ、かなりの客数で賑《にぎ》わっている。

時間は、昼を少し回った頃。

一悟は店内の一角で、副店長の和奏《わかな》と一緒に、客数増加への対策に伴《ともな》う、レジ増設に関する打ち合わせをしていた。

「店長の仰る通り、ここなら、入り口の近くで電源も近いですし、設置が一番容易に済みそうですね」

「ええ」

そんな風に話しながら、計画を進めていると――。

「こんにちは」

と、不意に後ろから声を掛けられた。

びくっと、肩を揺《ゆ》らして驚《おどろ》く一悟。

いきなり声を掛けられたことに驚いたのではない。

その声が、聞き覚えのあるものだったからだ。

嫌な予感がして振り返ると――予想は当たっていた。

「あら、あなたは……」

「お久《ひさ》しぶりです」

和奏も驚いたように目を丸くしている。

そこに立っていたのは、予想通り、ルナだった。

祝日ということで、学校も休みなのだろう。

先日と同じように、派手さのない、清楚《せいそ》で可憐な美少女といった雰囲気《ふんいき》の私服を着装していた。

今日は少し陽気がいいので、それに合わせたのか、爽《さわ》やかでフェミニンな柑橘《かんきつ》系の香りを纏《まと》っている。

「以前は、店長さんにとてもお世話になりました」

既に面識のある和奏に対し、ぺこりと頭を下げるルナ。

その一方、何とか平常心を維持しようと、一悟は冷静な顔を心掛ける。

「今日は、お買い物ですか?」

特にルナの登場を怪《あや》しむことなく(当たり前だが)、和奏は彼女と社交的な会話を交わしていく。

「はい、新しい家具を買いに」

「!」

そこで、ルナの発した言葉。

その発言を聞き、一悟は感付いた。

（……まさか、昨日《きのう》のか）

昨夜、一悟が誤って壊してしまったカラーボックス。

ルナが匂《にお》わせているのは、その件のことだろう。

「そこで、売り場の商品を色々と見せていただいてはいるのですが、決め切れなくて……」

そこで、ルナが一悟を見上げてきた。

「あの、釘山さん、一緒に商品を見て選ぶのを手伝っていただけませんか？」

「えっ？」

ルナの発したその提案に、思わず呆《ほう》けた声を漏《も》らす一悟。

「あ、お待ちください、今担当者を呼びますので」

和奏も機敏《きびん》に反応し、店内用の内線《ピッチ》を取り出す。

しかし、それよりも早く、ルナが手を振って和奏を止める。

「その、できれば釘山さんとがいいんです。一緒にお話もしたいので……」

「ええと……」

あくまでも、一悟を指名したい様子のルナ。

和奏も困惑《こんわく》しながら、一悟を見る。

「………」

一応、彼女は今日、客という立場で店に来ている。

お客様の要望があるなら、対応をするのは接客業として当然のこと。

そこに、アルバイトも平社員も店長も関係はない。

（……仕方がない）

意図はどうあれ、ルナの希望を無下《むげ》に却下する理由もないだろう。

「和奏さん、いいですよ。僕がお話を伺《うかが》います。レジの件は、先程の予定で計画を進めましょう」

「店長……かしこまりました」

一悟が自ら言った以上、和奏もそれ以上は何も言わない。

大人しく引き下がり「では、ごゆっくりお楽しみください」と、その場から去っていった。

しかし、流石は彼女。

直後にはインカムで、店内のスタッフに「店長が接客に入りました。用事がある際は副店長まで。また、売り場でのサポートをお願いします」と、しっかり根回しは行っていた。

これで心置きなく、一悟はルナへの対応に集中ができる形となった。

「じゃあ、こちらへ。インテリア用品の売り場へ行きましょうか」

一悟はルナを、家具の売り場へと案内する。

一悟が先行し、ルナが後に続く形だ。

「……探してるのは、昨日、僕が壊した棚の代わりかい」

その途中。

一悟は小声で、後ろに続くルナへと話し掛けた。

「うん」

「今夜、僕が買って届けに行くって言ったのに」

「せっかくだから、イッチと一緒に選びたくて」

そう言って、ルナはにこやかに笑う。

まぁ確かに、実際のところ彼女の部屋に置く家具なのだ。

自分で選びたいという主張は、間違ってはいない。

「でも、だからって店にいきなり来たらびっくりするだろう」

「大丈夫だよ、お客さんとして来ただけだし、副店長さんも別に怪しんでなかったでしょ?」

「現時点ではね」

そう、あくまでも現時点では、の話だ。

こうも匂わすような行動をされ続けたら、どこかで誰かに感付かれてしまう可能性も、十分にあり得る。

「ねぇ、イッチ、それより……」

そこで、ルナがキョロキョロと周りに視線を巡《めぐ》らせながら、ひそひそ声で言う。

「なんだか、店員さん達からチラチラ見られてる気がするような……」

先程、インカムで店内に情報が回ったのも一因だろう。

一悟と一緒にいるルナに気付き、行き交うスタッフ達が振り返って見てくる。

「ああ……」

ふと思い出し、一悟はルナに説明する。

先日の、お弁当《べんとう》サプライズの日のことだ。

「実は、前回君が来た時、ちょっと話題になってね。かわいいから、連絡先を知りたいとか、自分もお近付きになりたいとか、若い男性スタッフ達から人気だったよ」

特に、体育大生の青山《あおやま》君には。

一悟がそう言うと、ルナは数瞬《すうしゅん》ほどぽかんとしたように呆ける。

そして直後、頬《ほお》を赤らめながら顔を俯かせた。

一悟の話を聞いて、少し照れているようだ。

まさかそんな初心《うぶ》な反応をするとは思っていなかったので、一悟もどこか、微笑《ほほえ》ましい気分になった。

そうこう話している内に、インテリア売り場へと到着する。

「あ、園崎《そのざき》さん」

そこで、売り場の整理をしている主婦パートを発見し、一悟は声を掛けた。

「ああ、店長。来たね。さっき、副店長から連絡が回ってきたよ」

園崎、と呼ばれた彼女は、気のいいパートタイマーのおばちゃんだ。

一悟よりも年上ではあるが、おばちゃんと呼ぶのは少し憚《はばか》られるほど、見た目は若々しい。

これで、高校生と中学生の息子がいるというから驚きである。

インテリア系の重い商品もガンガン担《かつ》いで運ぶ、パワフルな人物。

肝《きも》っ玉《たま》母さんとでもいえばいいのか。

そんな雰囲気の、女性スタッフだ。

「はじめまして。先日、釘山さんに助けていただいた、星神《ほしがみ》といいます」

「ああ、話は聞いてるよ。話題になったからね」

ルナが挨拶すると、園崎もフレンドリーな口調で応対する。

「釘山さんには、大変お世話になりました。それ以来、こちらのお店のファンになってしまいまして」

「お店のって言うより、店長のファンって感じじゃない？」

と、そこで園崎は、なかなかに鋭い発言をした。

思わず、一悟は内心でドキッとする。

「あ、バレちゃいました？」

それに対しルナも乗り気で返しているが、一悟は気が気ではない。

こういう小さな気付きや綻《ほころ》びから、色々と怪しまれ出し、真実は露呈《ろてい》していくものなのだ。

「いやいや、そんなんじゃないですよ。冗談《じょうだん》でも嬉《うれ》しいですけど」

一悟が当たり障りのないコメントでフォローすると、園崎は豪快《ごうかい》に笑った。

「あはは、いい子じゃないか、店長。確か、姫須原《ひめすばる》っていったらお嬢《じょう》様学校で有名だよね。礼儀《れいぎ》正しいし、いいお嫁さんになるよ。この調子で、店長がもらってあげたら？」

性格もよくて気さくな人なのだが、言動は少しコンプライアンスを遵守《じゅんしゅ》するよう考えて欲しい。

本人のフレンドリーなキャラで大分緩和《かんわ》されているとはいえ、本来なら言われた方も反応に困るタイプのジョークだ。

更に加えて、ルナが相手だと意味も変わってくるし。

「それよりも、園崎さん。ちょっと相談したいことが」

心臓《しんぞう》に悪い話題は切り替えるに限る。

一悟は即座に、園崎へと質問を振ることにした。

園崎は、インテリア関係売り場の担当者。

ルナの部屋に置くカラーボックスの選定に関し、彼女からアドバイスをもらおうと思ったのだ。

「ああ、この娘の家具の件でしょ？」

先刻、和奏がインカムで情報を回していたので、彼女も事情は承知のようだ。

「でもこの子、店長をご指名なんでしょ？　せっかくなんだから、あたしが邪魔《じゃま》するわけにはいかないね」

言うが早いか、「それじゃ」と、園崎はその場から去っていった。

呼び止める暇《ひま》もなかった。

「全く……」

後は若い二人に的な気配りを、彼女は働かせたつもりなのだろう。

本来なら「何を勘違《かんちが》いしているのか……」とでもコメントするべき場面なのだが、実は的を射てしまっているのを、偶然の奇跡と笑うべきなのか、バレるのも時間の問題と心配するべきなのか……。

「ねぇ、イッチ、あのお姉さんには、私達が恋人同士でも違和感がないのかもしれないね」

「あまり、イッチと呼ばないでくれ。誰が聞いてるかわからないから」

少しテンション高めになったルナに、一悟は囁《ささや》くように注意する。

ともかく、園崎に何を選ぶか相談しようと思ったのだが、逃げられてしまったのでは仕方がない。

「で、どれにする？」

一悟はルナに、ディスプレイされた収納家具の数々を指し示しながら聞く。

「うーん……」

カラーボックスをはじめとした小型家具の売り場を、二人で見て回る。

ルナは先程も一人で見て回っていたようなので、再び品定めする形になったが。

「これくらいが、サイズ的にいいんじゃないかい？」

一悟も、そんな風に助言をしていくが、ルナはどうにも、これというものが決まらないようで、かなり悩んでいる。

結局、売り場を一周したが結論は出なかった。

「お眼鏡《めがね》にかなうものは見付からないか」

「うーん……あのね、イッチ」

そこで、不意に。

数瞬の沈黙の後、ルナは一悟を見上げながら、口を開いた。

「思い出したんだ、私も」

「思い出した？」

「昨日、イッチがお母さんに家具を作ったっていう話、したでしょ？」

昨夜、正に彼女の部屋でカラーボックスを粉砕してしまった時のことだ。

ルナはどこか、真剣な眼差《まなざ》しを携え、語る。

「私も昔、お母さんからその話を聞いたことがあった」

「……まさか」

そこで、一悟はルナが何を欲しているのか、気付いた。

どこかねだるような上目遣いを向け、彼女は言う。

「……私も、イッチに作って欲しいな」

※　※　※　※

——昔、一悟は朔良に、色々と手作りのプレゼントを贈った。

手先が器用で、工作や創作行為も好きだったことに加え、朔良がそんな贈り物の数々を素直《すなお》に喜んでくれていたというのも、モチベーションに繋《つな》がっていた。

そして、自分のせいで壊してしまった家具に関しても、手作りの棚を用意し、弁償した記憶がある。

『凄《すご》い！　本当にもらっていいの？』

当時のことを思い返すと、正直、できがいいといえる代物ではなかったと思う。

それでも彼女は一悟からのプレゼントをありがたがってくれて、その後も大事に使ってくれていた――。

「本当にいいのかい？」

そして、現在。

奇妙な運命で、全く同じ状況となってしまった、破損したルナの家の家具の件。

「うん、お願いします」

その弁償の家具を、母親同様手作りのものがいい――と、ルナは希望した。

責任を果たすと言ったのは一悟であるし、別に手間だとか面倒だとか我儘《わがまま》だとか、そんな風には思わない。

店舗スタッフ達も気を使ってくれて、一悟がルナに付きっ切りになれるよう諸々《もろもろ》の雑務や連絡等を遮断《しゃだん》してくれた。

断る理由も、できない理由もない。

かくして、一悟は店内の工作室を利用し、家具を製作することになった。

「まぁ、別にいいか」

なんだかんだで、一悟も嫌な気はしない。

懐かしい気分でもあるし、久々に工作するのも楽しみだからだ。

「じゃあ、どんな感じがいい？」

「うーん……」

完成品の希望イメージがあれば聞いておこうと、ルナに問い掛ける。

が、彼女は瞑目《めいもく》してしばらく考えた後、

「イッチに任せる」

と言った。

「お母さんへの贈り物を作った時も、イッチのアイデアで作ったんでしょ？」

「まぁ、いわばサプライズプレゼントだったからね」

「じゃあ、私も同じがいいな」

一悟が好きな人へ行った行為と、同じことをして欲しいのだろうか？

真意はともかく、ルナの希望は「一悟に任せる」というものだった。

「んー……じゃあ」

一悟はまず、工作室備え付けの方眼紙《ほうがんし》を取り出し、そこに簡単な設計図を描いていく。

カラーボックスの規格は大体決まっているので、昨夜壊してしまったルナの家のものと似たような大きさを想定。

完成図を描き、それを作るために必要な部材を、寸法《すんぽう》まで丁寧《ていねい》に計算しながら出していく。

「よし、できた」

三段棚のカラーボックス。

その簡易的な設計図を描き上げた。

「おお、凄い」

「じゃあ次は、必要な材料を集めよう」

一悟とルナは、工作室のすぐ真横に位置する工作品関係の売り場を巡り、必要な材料を買い物カートに入れていく。

工作用のパイン集成材、背板にするためのベニヤ板、木ビス、それに、小サイズの使い切り家具用塗料を何種類か。

そして工作室へ戻ると、早速製作を開始する。

「よっと……ルナさん、危ないから下がって」

備え付けの電動工具――丸鋸《まるのこ》を用意しながら、一悟がルナに少し離れるよう注意する。

集成材を台に固定し、丸鋸の電源を入れれば、甲高い回転音を立てて鋸刃《のこぎりは》が起動。

一悟は次々に、直前に鉛筆《えんぴつ》で引いたサイズに合わせて、木材を切断していく。

パイン集成材は加工がしやすく、本棚等の家具の素材としてよく使われるものだ。

今回の部材としても、最適のものだろう。

「凄い、職人さんみたい」

電卓でサイズを計算しつつ、木材に線を引きながら、緻密《ちみつ》に切っていく一悟の姿を見て、ルナは驚嘆《きょうたん》しているようだ。

（……ん？）

そこで、一悟は気付く。

一悟の作業を見守るだけで、手持ち無沙汰《ぶさた》となってしまっているルナが、図面を覗《のぞ》き込んだり、切断した素材をしげしげと眺《なが》めている。

一悟の作業を見て、興味が生まれ、自分もやりたくなったのかもしれない。

しかし、「一悟に任せる」と言ったのは、彼女自身。

一悟に作ってもらいたいという願望、手伝いたいという申し訳なさ、そして単純な好奇心から葛藤《かっとう》が生まれ、自分から言い出せない様子だ。

「……ふぅ」

個人的には、ＤＩＹに興味を持ってもらえることは純粋に嬉しい。

一悟はそこで、丸鋸の回転を止め、わざとらしく一息つくと、体を起こす。

「結構な重労働だから、手伝ってもらえると助かるかな」

実際は大したことないのだが（そこまでおっさんではない）、一悟はルナに聞こえるように言って、腰を叩《たた》く。

「……じゃあ、ちょっとだけ手伝わせてもらおう、かな」

ルナも、一悟に心の内を見透かされたと気付いたのだろう。

少し照れながらも、お言葉に甘え、作業用のエプロン（工作室で無料貸し出し）を纏う。

「板はクランプで固定されてるけど、片手で押さえながら切るんだよ。引いた線に沿って、真っ直《ます》ぐね」

「うん」

一悟にレクチャーしてもらいながら、ルナも板の切断に挑戦する。

先日の、ハイボール作りの時のようだ。

手際よく、彼女はすぐに習得していく。

「よし、後は組み立てだね」

集成材の切断を終え、必要な材木は揃った。

設計図通りに組み立てながら、インパクトドライバーを使って木ビスで固定。

「わぁ、もうできあがっちゃった！」

あっという間に、作業台の上に、三段棚のカラーボックスが完成した。

売り場に置いてあるものと見比べても、遜色《そんしょく》ないできだ。

「じゃあ、最後に塗装《とそう》をしよう」

一悟は続いて、先程用意した木材保護塗料を開封し、使い捨てのプラスチック容器に注ぐ。

ルナと一緒に刷毛《はけ》を使って、黒地の塗料を全体に塗布する。

「塗料を塗った箇所《かしょ》を、上からウエスを使って拭《ふ》き取るようにこするんだ」

ウエスとは、簡単にいうと雑巾《ぞうきん》のようなもの。

今回使うのは紙製のロールになっているキッチンペーパーのようなものだが、それを使用し塗料を拭《ぬぐ》うと、木目を強調するような着色ができて、風合いが出るのだ。

更に、角や隅《すみ》を中心に濃い青系の塗料を上からはたくように塗って、錆《さび》風味のヴィンテージ感を出す。

今流行《はや》りのデザインだ。

「……でも、よく考えたら女子高生の流行りじゃないかな」

「ううん、カッコよくて、私は好きだよ」

一悟と一緒に塗装を行いながら、ルナは言う。

共に物を作る、その行為自体を楽しんでいるかのように、潑剌《はつらつ》としている。

「………」

そんなルナの姿を見て、一悟の頭に考えがよぎる。

かつて朔良には、内緒で作ったプレゼントを渡していた。

意地でも一人で作って、完成した完璧なものを贈りたかった――という気持ちがあった。

だが今は――。

「あ、ルナさん、鼻の頭に塗料が」

「え……あ！」

鼻にペンキが付いていることを指摘すると、ルナは照れたように笑う。

それを見て、一悟も無意識に微笑んでいた。

……格好《かっこう》つけることばかりを考えていないで、あの時もこんな風に朔良と一緒に作ることを提案していたら、もっと一緒に楽しめたのかもしれない。

（……考えても詮方《せんかた》ないことだ）

過ぎ去った日々は戻らない。

そして彼女も、もうこの世にはいない。

諦《あきら》めるしかない。

……はずだったのに。

今はルナがいる。

——あの頃の初恋を、やり直せる。

そんな倒錯《とうさく》した願望が、叶《かな》ってしまいそうになる。

考えれば考えるほど、まるでルナを利用しているかのような、罪悪感と嫌悪感を覚える思考ではあるが。

「よし、こんなところか」

とにもかくにも、手作りのカラーボックスは完成した。

新品の市販品と比べても……いや、普通に商品として販売しても問題ないような、そんなクオリティーの家具である。

「凄い……本当に、もらっちゃっていいのかな？」

「いいんだよ。むしろ、そのために作ったものだし、君だって半分は協力したんだから」

「……ありがとう、イッチ」

ルナは一悟を見上げて言う。

その声が、その表情が、その若干潤《うる》んだ瞳《ひとみ》が。

かつての朔良の姿に、酷《こく》なほど重なって見えた。

「あ……」

思わず、一悟も言葉を失ってしまう。

そこで——。

「うおおおお！　凄《すげ》ぇ！」

いつの間に、やって来ていたのだろう。

数人のスタッフ達が、様子を見に来ていたようだ。

そして、一悟の目の前にある完成品の棚を見て、驚きの声を上げていた。

「店長って、ＤＩＹの腕もよかったんだ」

「バカ、知らないのか？　昔、会社内のコンテストでも優勝したことがあるんだぜ」

一応売り場で、お客さんの前でもあるのだから、バカ騒ぎするのは止《や》めて欲しいな……と、そんな彼らを、一悟は微妙《びみょう》な気分で眺める。

「ふふ、楽しい人達だね」

隣で、ルナが笑った。

「楽しかったかい？」

「……え？」

「いや、彼らのこともだけど、自分で作ってみて、さ」

「あ……うん、凄く」

一悟は、テーブルの端に備え付けられている、店内広報用のビラを取る。

「よかったら、毎月ワークショップもやってるから、参加してみるといい」

「いいの？」

「？　……ああ」

その言葉の意味を、一悟は一拍《いっぱく》遅れて理解する。

自分が、一悟の店に普通に来てもよいのか？　ということだろう。

しまった、と一悟は思う。

彼女の喜ぶ姿を想像し、ルナとの関係性を失念しかけていた。

「……まぁ、普通にお客さんとして来る分には、問題はない、かな。今日みたいに、僕が直接接客することは、そうそうないから」

「じゃあ、是非《ぜひ》！」

満面の笑みを浮かべるルナを見て、一悟は自身の発言を後悔した。

今まで以上に、注意深く気を使わないといけない、かもしれない。

「……ところで、ルナさん。よくよく考えたら、この棚、一人で持ち帰れるのかい？」

「あ」

完成品のカラーボックスを前に一悟が聞くと、ルナは沈黙した。

どうやら、考えていなかったようだ。

彼女の交通手段は、バス等の公共のもの。

何より、これを担いで徒歩で帰るのは一苦労だろう。

「仕方がない……塗料が乾くまで時間もかかるし、後で家まで持っていくよ」

普通は店側でそういったサービスは行っていないのだが、今回は仕方がない。

「ありがとう、イッチ。じゃあ、今夜も待ってるね」

「………」

夜、閉店後にお届けする約束をルナと取り付ける。

その後は、仕事も忙しいだろうからということで、彼女はご機嫌な様子で帰っていった。

「あの娘《こ》、すっかり店長のファンですね」

ルナを見送った後、和奏が一悟へと、そうおかしそうに語り掛けてきた。

「うーん……」

……なんだか……気付けばどんどん、彼女との関係性が、簡単には抜け出せない領域にまで浸食されてきている気がする。

※　※　※　※　※

その夜、終業後――。

「よいしょっと」

一悟は約束通り、塗装の乾いたカラーボックスをルナのマンションまで届けに来ていた。

マンションの前の車道脇《わき》に車を停め、トランクを開ける。

どこかにぶつけて傷付けないよう、全体を梱包材《こんぽうざい》で包んだそれを、丁寧に引っ張り出し担ぐ。

「星神さん、約束のお荷物をお届けに上がりました」

『はーい』

エントランスでチャイムを押すと、マイクの向こうから彼女の声が聞こえ、入り口の自動ドアが開閉する。

一悟は真っ直ぐ、二階のルナの部屋へと向かった。

「お帰りイッチ」

部屋の前に到着すると、既にドアを半開きにしてルナが待っていた。

（……パジャマ）

玄関《げんかん》の前、笑顔で出迎えてくれた彼女は、部屋着を着ている。

いや、部屋着、というより、パジャマだ。

淡《あわ》いピンク色で、ふわふわとした柔《やわ》らかそうな生地の寝間着《ねまき》を纏ったその姿は、初めて見る。

少し、心が奪われてしまった。

「……お、お帰りって……まぁ、いいや。ともかく、上がらせてもらうよ」

小言を言いかけたが、玄関前で荷物を抱えたまま立ち話をするのも目立つ可能性がある。

一悟は迅速《じんそく》に、ルナの家へと上げてもらうことにした。

「よし……こんな感じかな」

「わぁ！　凄い！　本当にプロの仕事って感じがする」

部屋の中にカラーボックスを設置すると、存外、内装と調和していた。

シックな色合いの小洒落《こじゃれ》た見た目に仕上げたのは、悪くない判断だったようだ。

ルナも嬉しそうなので、とりあえずは一件落着といったところか。

「じゃあ、こっちの壊れた方は回収していくよ」

そこで一悟は、昨日の内に纏めてゴミ袋に入れておいた、破損したカラーボックスを持ち上げる。

そしてそのまま、玄関へと向かおうとした。

「もう帰っちゃうの？」

そんな一悟の行動に、ルナが少し驚いたように目を丸くする。

「え？　あ、うん、明日も仕事だからね」

「そうなんだ……」

そう呟いて押し黙るルナ。

どこか寂《さび》しそうな表情だ。

「……ね、イッチ」

やがて、彼女は唇《くちびる》を開く。

「今夜はもう遅いし、泊まっていかない？」

「え？」

いきなり投げ掛けられた提案に、一悟は思わず言葉を失う。

「うちの部屋、結構広いから。二人でも寝られるよ」

呆ける一悟に対し、ルナは言葉を続けていく。

「仕事の服はうちで洗濯して乾燥機にかければ、明日の朝には乾くから、そのまま仕事に行けるし、その方が効率的じゃない？」

「何を言ってるんだ」

彼女の言っている言葉の意味を理解した一悟は、ルナの台詞《せりふ》が終わると同時に、呆《あき》れながらそう返す。

「効率的どうこう以前の問題だよ。常識的に、倫理《りんり》的に、未成年の女の子の部屋に僕が泊まるなんて、できるわけがないじゃないか」

既に一度泊っているくせに何を言っているのかと言われそうだが、あの時は不可抗力《ふかこうりょく》だ。

自分で選択できるなら、しないに決まっている。

「そっか……そうだよね」

そんな一悟の返答に、ルナはしゅんとして肩を落とす。

一方で、どこかモジモジしているようにも見える。

なんだろう……いつにも増して、今夜はどこか、ルナの様子がおかしい。

「じゃあ……今度、イッチの家にお邪魔してもいい？」

そんな一悟の予感を証明するように、ルナはまた爆弾発言をする。

「じゃあって……一体、何をしに？」

「普通に、遊びに……あ、もしよかったら、一緒にご飯を作ったり」

「ダメだよ、それも」

一悟が額《ひたい》に手を当てながら言うと、ルナは眉尻《まゆじり》を落とし首を傾《かし》げる。

「嫌？」

「嫌とかじゃなくて……」

そこで一瞬、一悟は油断して考えてしまった。

子供の頃、朔良は一悟の家に遊びに来たことがなかった。

故《ゆえ》に、彼女の姿を重ねたルナが、自分の社宅にやって来て、部屋にいる光景を想像してしまった。

「……………」

「嫌じゃ、ない？」

そんな想像を浮かべた一悟から、満更《まんざら》でもない雰囲気が出てしまったのかもしれない。

ルナがグッと体を寄せてくる。

ふわりと、彼女の着ているパジャマなのか、彼女の肉体自体なのか、柔らかい感触が腕に密着した。

「と、ともかく、常識的にあり得ない。ダメなものはダメだ。それじゃ」

一悟は慌てて会話を打ち切ると、急いでその場から玄関へと向かう。

「あ……」

ルナの発する声も、姿も振り返らず、すぐさま彼女のマンションから出ていった。

「……………」

今夜の彼女は、何かおかしかった。

なんやかんやで、彼女とも今日まで、色々な体験を共にしている。

楽しい時間を、多く過ごしてきた。

もしかしたら……ルナの一悟に対する心の距離感が、もっと短縮されてきているのかもしれない。

「……本気で、真剣に考えないとな」

自宅へと向かう車中で、一悟はそう自分に対し呟いた。

特に遊びに行きたい場所や、時間や予算がない場合、一悟《いちご》はよく朔良《さくら》の家にお邪魔《じゃま》させてもらったりした。

当時の朔良の家庭環境は、家業を営むそれなりに裕福な一家。

当然住んでいる家も、豪邸《ごうてい》とまではいわないが大きく立派な家屋だった。

彼女の両親に礼儀《れいぎ》正しく挨拶《あいさつ》をすれば、向こうも一悟を快《こころよ》く受け入れてくれた。

既《すで》に、馴染《なじ》みの顔となっていたのだ。

家に上がらせてもらい、朔良の部屋へ。

お洒落《しゃれ》な色合いの家具や調度、柔《やわ》らかそうなベッドの布団《ふとん》やぬいぐるみ、甘い匂《にお》い……。

あまり他の女子の部屋にお邪魔させてもらった経験のない一悟だったが、彼女の部屋は何というか――年相応の、普通の女の子の部屋だったと思う。

それでも、その頃の一悟にとっては憧《あこが》れの女性の部屋だ。

神聖な空間のように思えていた。

その部屋で一悟は朔良と、一悟が持ち込んだ漫画《まんが》を読んだり、ゲームをしたり、時々勉強なんかも教えてもらいながら、一緒に遊んだ記憶がある。

——逆に、一悟が朔良を自分の家に迎えたことは一度もなかった。

自分から誘うこともなかった。

……なんというか、彼女の住む家と、自分の家が、全《まった》くレベルの違うものだという点など、数多くの気恥《きは》ずかしさがあったのだ。

そしてそれをきっと、朔良も察してくれていたのだろう。

一悟が彼女の家に行きたいと言う時には嫌《いや》な顔もせず受け入れてくれて、逆に自分から無理に一悟の家へ行きたいと言うこともなかった。

まだ子供でしかない年頃だったのに、気遣いと優しさに満ちていた——。

——と。

最近、ルナと出会った影響もあってか、そんな風に、朔良との昔の記憶を思い返す機会が増えた。

朔良の特別な存在になろうと意識する一悟と、そんな一悟に年上の余裕のある女性のように接する朔良。

朔良はいつも優しく、一悟の行動を好意的に、そして否定することなく受け入れてくれた。

一悟の行動やアイデアを、否定することなく褒《ほ》めてくれた。

好きな人にそうされて、気分が浮かれない男子はいない。

そう考えると正直、当時の一悟はかなり調子に乗ってしまっていた部分も多かったと、自覚する。

イキっていた、というのだろうか。

思い出し、頭を抱えたくなるような思い出もある。

しかし、それはつまり、彼女と一緒にいると心地がよかったのだ。

平生《へいぜい》の自分を忘れて、浮ついてしまうほどに。

……けれどそれは、自分だけの話で、彼女はどうだったのだろう。

自分は彼女を楽しませることができていたと思い込んでいたが、それを確信できるような覚えはない。

あの頃、自分は彼女にとって年下の弟のような存在だった。

その程度としか思われていなかった――と思う。

だから、ルナと出会って、彼女に追い掛け回されて。

あの頃の彼女に男性として意識されていると錯覚《さっかく》するような今の生活に。

自分と一緒にいる時間を楽しいと言って、自分を求めて迫ってくるルナと出会ったことに。

どこか満足感を覚えていた。

けれどそれと同時に、言い知れぬ焦燥《しょうそう》感と罪悪感を覚えているのも事実である。

いや、危機感と言ってもいい。

何かの拍子《ひょうし》に一線を越えたら、それこそ取り返しのつかない過ちになる——。

※　※　※　※　※

「……特に特集番組はなし、か」

今日は休日。

自宅である社宅のリビングで、ソファに腰《こし》掛けてダラダラとしながら、一悟はテレビをザッピングしていた。

といっても、適当に過ごしているわけではない。

夕方前は、テレビでワイドショーやニュース番組が多く放送されている時間帯である。

その番組の中で、時々『今流行《はや》りの主婦の節約術』とか『お手軽ＤＩＹで内装リフォーム計画』とか『在宅ワーク時代を楽しく乗り切る便利グッズ』とか、そういった特集コーナーが組まれていることがある。

未だ、テレビの影響力とは凄《すさ》まじいものだ。

テレビ番組で紹介された商品の問い合わせ数や販売数は、目に見えて増加する。

故《ゆえ》に、チェックは欠かせないのだ。

特に急ぎの仕事もなく、私生活回りでやらなければならない用事もない。

そのため今日の一悟は、そんな風に家で一日過ごしていた。

店長業務で忙しい日々。

……に加え、最近は難儀《なんぎ》する問題にも直面している。

たまには、こんな日を作ってリフレッシュをするに限る。

そんな時だった。

ピンポーン、と、不意に玄関《げんかん》のチャイムが鳴った。

「ん？　宅配便か？」

特に来客の予定もない。

となれば、独身男性の家を訪ねてくる相手など宅配業者かテレビの集金……後は、訪問販売くらいだ。

一悟はソファから立ち上がると、リビングの入り口付近に設置された、テレビドアホンのモニターを覗《のぞ》き込む。

カメラの中に、微笑《ほほえ》み顔で小首を傾《かし》げるルナの姿があった。

「……ちょっと、待ってくれ！」

一瞬の呆《ほう》けを経て、心の底からの叫《さけ》びを口に出す。

一悟は焦《あせ》り顔のまま急いで玄関に向かい、勢いよくドアを開けた。

そこに、制服姿のルナがやはり立っていた。

爆発したかのような速度で開けられた扉《とびら》に、彼女も思わず驚き顔を浮かべている。

「……ルナ、さん」

「呼び捨てでいいって言ってるのに」

しかしすぐに、焦燥顔の一悟を見ていつもの調子に戻ったのか、彼女は喉《のど》を鳴らしながらそうコメントを返してきた。

「制服……学校は？」

「今日の授業は終わり。だから今は、学校帰りだよ」

いや、違う。

それよりも先に、聞かなければいけないことがある。

一悟は「ふぅ……」と、深く息を吐いて呼吸を落ち着かせ、改めてルナに問う。

「どうして、僕《ぼく》の家の場所を知ってるんだ」

まさか、以前彼女の家で酔《よ》い潰《つぶ》れてしまった時、自宅の住所まで吐いていたのか、自分は。

そう考え、酔っ払った際の自身の危機感と防御力のなさに、最早《もはや》恐怖を覚える一悟。

「あはは、違うよ」

しかし、それをルナは笑って否定した。

どうにも、彼女は一悟の起こす毎度のリアクションを楽しんでいるかのようだ。

「実はね、今日のお昼頃にイッチのお店に行ったんだよ」

「また、昼休みを抜け出してきたのか？」

「うん、お弁当《べんとう》を届けに。ほら、前にお弁当を作って持っていった時、おいしいって言ってくれたよね」

　彼女と出会った翌日のことだ。

　いきなり店に顔を出し、昼食のお弁当を届けに来た時の記憶が蘇《よみがえ》る。

　その日の帰り、店の裏手で待ち伏《ぶ》せしていた彼女に弁当箱を返した際、そのような会話をした覚えがある。

「その時に、『また作るね』って言ったでしょ？　だから、その約束を果たしにね」

「……………」

「でも、お店に行ったらイッチは休みって言われて。それでね、店舗で働いてるパートのお姉さんの園崎《そのざき》さんと偶然会って、お話ししてたら意気投合しちゃって、イッチの家の住所を教えてくれたんだ。だから、改めて訪問させてもらいました」

「……………」

　なんてことだ、と、一悟は先程とは別の意味で頭を抱えることになる。

　仕事に関連する重大な理由もないのに、個人情報を他人に教えるなんて……企業人としてのコンプライアンス教育を、もう一度徹底しないといけないかもしれない。

　そんな風に、一悟が頭と一緒に胃《い》も痛めている一方で、ルナは。

「えへへ、楽しいね、おうちデートだよ」

などと、暢気《のんき》なセリフを呟《つぶや》いている。

「おうちデートって……」

その浮かれた単語に馴染みのない一悟は、疲れ気味に嘆息《たんそく》をする。

別段何の悩みも抱えていない、若者特有の空気を彼女から感じたのだ。

決して、悪い意味ではないのだが。

先日も、あれだけうちに来てはダメだと言ったのに……。

「あ、待って待って。ただ遊びに来ただけじゃないよ」

陰鬱《いんうつ》な空気を纏《まと》う一悟を見て、機嫌を損ねてしまったと思ったのだろうか。

ルナは慌《あわ》ててそう言うと、「じゃん」と、手に持っていたスーパーのビニール袋を見せてきた。

その大きさを見るに、結構な量の食材を買い込んできたようだ。

「晩ご飯は、私の手料理をご馳走《ちそう》します」

「手料理……」

「お弁当を渡せなかったから、約束の代わりにね」

ルナは、ウキウキとした様子で喋《しゃべ》る。

嬉《うれ》しいから、満足させたいから、自分から進んで、わざわざ一悟の家までやって来たのだ。

その思いが、声や態度からとても素直《すなお》に伝わってくる。

純粋に、率直《そっちょく》に、彼女をかわいいと思った。

それに加え、初恋の人と瓜二つ《うりふた》の姿を持つ少女が、あの頃の面影《おもかげ》を残したまま、自分に好意を持って接してくる。

愛おしさと、胸が躍る非現実感、そして倫理《りんり》を外れた、いけない何かに手を伸ばせば触れてしまえる背徳感《はいとく》。

彼女の要求を受け入れることは嫌ではない、だが、それは越えてはいけない一線でもある。

それら全ての感覚が渦巻き、一悟の脳髄《のうずい》を混乱させ、悩ませる。

「ねぇ、イッチ。そろそろ、おうちに上げてくれないかな？」

そんな一悟の意識が、現在に戻された。

ルナが手に持った荷物をゆらゆらと揺《ゆ》らしながら、頰《ほお》を膨《ふく》らませて見上げてきている。

「……………」

流石《さすが》に、女子高生を社宅に上げるわけにはいかない。

借り上げ寮だって、正当な理由なく他人を家に上げたら罰則があるほど厳しいのだ。

別に監視カメラがあるわけではないが、もしも会社にバレたら……。

「荷物が重いよ。それに、早く冷蔵庫に入れないと食材が傷《いた》んじゃうから、早く早く」

「ううん、でも……」

悩み、瞑目《めいもく》して唸《うな》る一悟。

その、一瞬の間を突かれた。

「隙《すき》あり！」

文字通り「あっ」と言う間だった。

まるでバスケットボールの選手が敵のディフェンスを掻《か》い潜《くぐ》るがごとく、ルナは素早い動きで一悟の脇《わき》をすり抜ける。

そして、さっさと靴《くつ》を脱ぐと、玄関に上がり込み、その場で振り返って悪戯《いたずら》っぽい笑みを湛《たた》えた。

その顔を見て、一悟は溜息《ためいき》をつく。

（……顔も声も、全てそっくりなのに）

こういうところは、似ても似つかない。

……いや、自分が知らないだけで、年上の男には彼女もこうだったのかもしれない。

少し切ない気持ちになりながら、一悟は誰かに見られる前に玄関の扉を閉めた。

※　※　※　※　※

「わ、広い！」

リビングの中に入るや否や、ルナが大仰《おおぎょう》なリアクションをする。

確かに、彼女が一人暮らししている部屋よりは広いかもしれないが――そんなに驚くようなことか、と、その後に続いてやって来た一悟は思った。

「あっちがキッチン？　冷蔵庫に食材しまっちゃうね」

リビングのすぐ隣には、システムキッチンが併設されている。

そこに見える冷蔵庫を指さし、手に持ったビニール袋を持ち上げるルナ。

最早やりたい放題の彼女に、一悟も観念するしかなくなった。

「はぁ……わかったよ。備え付けの大型冷蔵庫だから、中にはあまり物も入ってない。冷凍室も野菜室も基本は空っぽだ。問題なく入ると思うよ」

一悟がそう言うと、ルナは「へー」と呟きながら、再びリビングの中をキョロキョロと見回し出す。

なんだろう……食材をしまうんじゃなかったのか？　と、一悟は訝《いぶか》る。

「うーん、それにしても……やっぱり凄《すご》いね、イッチ、一家の主なんだ」

どうやら、こんな一軒家で一人暮らしをしていることに、改めて感動しているようだ。

キラキラした瞳《ひとみ》を向けてくるルナ。

一悟は、リビングの入り口付近の壁に体を預けながら、ルナが送ってくるそんな視線を受け、気まずそうに目を逸《そ》らした。

「いや、本来なら家族持ちの社員が借りることのできる福利厚生《ふくりこうせい》で、僕には資格がないんだけど、会社から無理やり勧められてね……部長が面白がって申請し、会社も社員の意欲増強になればって許可をしてくれたようだが……正直、僕一人が暮らすには無駄に広過ぎるかな」

これは本音である。

現状、家の中には使っていない部屋もいくつか存在する。

リビングでさえ、インテリアはソファとテーブルに、壁掛けのテレビ。

後は仕事兼用のパソコンがあるくらいで、生活空間としては持て余しているくらいだ。

そんな一悟の言葉に、ルナは「ふぅん」と、少し意外そうに相槌《あいづち》を打つ。

「そうなんだ……でも、凄いね。やっぱり、それだけ評価されてるってことなんだ」

そこで、彼女がハッとしたように顔を綻《ほころ》ばせたのに気付く。

(……何か思い付いたな)

ロクでもないことじゃありませんように……と祈る一悟だったが、その願いは残念ながら叶《かな》わなかった。

「ねぇ、イッチ。家が広くて寂《さび》しいなら、私が一緒に住んでもいい？」

「……寂しいなんて言ってないだろ」

とんでもない発案をしてきたルナに、一悟は呆《あき》れ気味の顔で返す。

「家族でもない人間との同居は禁止されていますし、野良犬を拾って飼《か》うことだって禁止です。

それ以前に、未成年の女性を家に入れることだって、そもそもダメなんだから」

「冗談《じょうだん》だよ。そこまで言うことないじゃん」

むー、と、膨れっ面になるルナ。

これはいい機会かもしれないと、一悟は言葉を続ける。

「ルナさん、何度も言ってることだけど、僕達の関係性は――」

「はいはい、で、これも、はい」

そこで、ルナが一悟に対し、食材の入ったビニール袋を突き付けてきた。

「え？」

「冷蔵庫に入れておいて。私は家の中を探検してくるから」

「……いや、何を」

と言う間もなく、ルナはビニール袋を一悟の胸に押し付けると、風のようにリビングから廊下《ろうか》へと飛び出していった。

……本当に、一悟の家に来たのが嬉しくて、料理を作ってご馳走するのが楽しくて、それに水を差すような厳しい物言いをされて、拗《す》ねてしまったのだろうか。

子供のようだ。いや、実際、子供なのだが。

「おいおい、あまり荒らさないでくれよ」

一悟は廊下の奥へそう声を飛ばすと、手にした食材を持ってキッチンへと向かう。

ルナに対して極度に強くも辛《つら》くも接することのできない自分は、本当に甘いと思う。

ナイーブな問題故に、大味な対処ができないというのもそうだが……。

けれど、心のどこかで、一悟は彼女と共に過ごす日々を求めているのだ。

かつての初恋の人の……いや、初恋そのものをやり直しているような、この日々を、手放し難《がた》く思っているのだ。

(……甘いというより、意志薄弱《はくじゃく》なだけか)

嘆息し、一悟は冷蔵庫に食材をしまっていく。

「おっと、これは違うか」

パスタの乾麺《かんめん》の入った袋は、シンクの方へと置く。

なんとなく、材料から何を作ろうとしていたのか連想する。

イカ、エビ、貝……魚介類が多い。

加えてパスタだから、おそらくシーフード系のスパゲッティを作るつもりだったのかもしれない。

「……さて」

などと考えている内に食材のしまい込みも終え、冷蔵庫の扉を閉める一悟。

リビングに戻るが、まだルナは帰ってきていない。

「おーい、どこまで行ったんだ?」

あんなに騒がしかった彼女の気配が、今は全く感じられない。

まさか、二階に上がっていったのか？

二階なんて、本当に何もないのだが。

「全く……小学生じゃないんだから」

呆れ気味に呟きながら、彼女を探しに行こうとした、そこで。

「イッチー」

廊下の方から声が聞こえた。

意外と、近いところにいたようだ。

「なんだ、まだ一階にいたのか……」

「じゃーん」

瞬間だった。

廊下から、リビングの入り口にルナが姿を現す。

「な……」

ジャンプして登場した彼女の格好《かっこう》を見て、一悟は目を見開く。

ルナは一悟の勧める大型雑貨店——その女子アルバイト用の制服を着ていたのだ。

夏服の薄手のシャツに、下は伸縮性の高い特殊素材のジーンズと、律儀《りちぎ》に上も下も着替えている。

髪《かみ》も縛《しば》って、普段の清楚《せいそ》で優等生な格好とは違い、活発でボーイッシュな印象を受ける姿になっている。

思わず、そのギャップに心が揺れかけた。

……無論、問題はそこではない。

「どう、似合《にあ》う?」

「どこからそれを……」

それは、一悟が家に持ち帰っていた女子用の制服だった。

……誤解がないように言っておくが、別に趣味で持ち帰ったわけじゃない。

アルバイトの一人が辞める際に返却したものに、一悟が誤ってコーヒーをこぼしてしまったのだ。

店舗で契約している清掃会社にクリーニングをお願いしてもよかったのだが、なんとなく気が引けて、自分で洗濯しようと持ち帰っていたものである。

既に洗濯も済んで、乾燥も終え、明日にでも店に持っていく予定で、目に見える場所に置いてあったのだ。

「えへへ、コスプレ。どう、かわいい?」

「………」

能天気なセリフを発しながら、自身の格好を見せ付けてくるルナ。

悔しいかな、先程思わずドキリとしてしまった手前、すぐさま言葉が出てこない。

自分の馬鹿《ばか》正直加減が嫌になる。

「どうですか？　店長。本日も一日、よろしくお願いします！」

「ん、な……」

更に距離を縮めながら、元気よく挨拶《あいさつ》をしてくる。

ぺこりと頭を下げ、潑溂《はつらつ》とした表情で喋る彼女は、晴れやかな青空のようにすがすがしいほどかわいい。

朔良だってしなかった格好、ルナだから見ることのできた姿。

そんな光景を前に、わかりやすいほど動揺《どうよう》してしまった。

そんな一悟に対し、ルナの連続攻撃は止まらない。

「さっきの話、どう思う？」

「え？」

「私、ここで暮らしちゃダメかな」

彼女の表情と目線は、真剣なものだった。

冗談で言っているわけではないようだ。

先日の夜のやり取りを思い出す。

最近……彼女の言動が、少し過激になりつつある——と、そう感じた、あの夜を。

「本気だよ。ちゃんと炊事《すいじ》や洗濯、家事だってするから。前にも言ったけど、他のことでもイッチには迷惑を掛けないようにする」

ルナの頬が若干《じゃっかん》、赤らんでいるのに気付く。

よく見れば、額《ひたい》には汗が浮かんでいるようにも見える。

緊張している？

いや、違う、本当の本当に、本気なのだ。

危《あや》うさを覚えるほど、熱烈な意気込みを感じる。

「女子高生の奥さん……あ、えーっと、厳密には奥さんみたいな存在だけど、そういう感じのも、ちょっと面白くないかな？」

「……早く脱ぐんだ」

そこで、やっと一悟の思考が動き出した。

ルナの暴走過多な言葉を聞き、逆に冷静さを取り戻すことができた。

努めて真面目《まじめ》な声音《こわね》で、興味ないとばかりに、素っ気《そけ》なく言う一悟。

先日から予感していたことだが、彼女のスキンシップが明らかに過激になってきている。

注意しないといけない。

「……うん、わかった」

その態度に、ルナは少し伏し目《ふめ》になって、不機嫌そうに答える。

そして、その場で服を脱ぎ出した。

「ここじゃなくて！」

慌てて、一悟が止めようとするが、ルナはさっさと上を脱ぎ、下を脱ぎ……。

彼女の体に触れるわけにもいかないので、仕方がなし。

「年頃の娘が、そういうことをするんじゃない」

と、とりあえず捨て台詞《ぜりふ》のように最後にそう言って、振り返って視線を外す。

まるでおっさんのような台詞だ。

いや、一般的には28歳はもう立派におっさんの範疇《はんちゅう》なのかもしれないが。

「はい、もう見ても大丈夫《だいじょうぶ》だよ、イッチ」

背中越しの声に、一悟は恐る恐る振り返る。

そこには無事（?）、元の高校の制服を纏ったルナが立っていた。

なかなかの早着替えだったことから察するに、そちらの方は廊下に置いてあったのかもしれない。

「でも、イッチ。今みたいなリアクションをするってことは、ちょっとそういう意識になったってことだよね」

「何を……」

ルナの顔は、まだ紅潮《こうちょう》したままだ。

彼女の熱意は、まだ冷めていない。

静かなリビングの中で、スッとルナは一悟に体を寄せてくる。

「ねぇ、イッチは私のこと、どう思ってる？　かわいい？　興奮する？」

ルナは大胆な言葉で迫ってくる。

自身の、高鳴る想いを抑えられないかのように、切羽詰《せっぱ》まった様子で。

「お母さんと同じくらい……ううん、お母さんよりもかわいいと思う？」

「……そういうことを言うんじゃない」

ぎゅっと、一悟は唇《くちびる》を噛《か》み締めた。

朔良の名前を、こんな時に気軽に出すなんて……。

ルナは気にしていないのか？

母親の死を、痛みとして認識していないのか？

自分は、話題に出すのも気にしているのに。

意味のないことに拘泥《こうでい》している自分が馬鹿みたいで、朔良のことを侮辱《ぶじょく》されているようで、
綯《な》い交《ま》ぜになった感情がピリピリと脳裏《のうり》を痺《しび》れさせる。

「なんで気にする必要があるの？　お母さんはもういないんだよ？」

――ルナの放ったその声が、一悟の理性の一線を切り飛ばした。

「やめろッ！」

咆哮《ほうこう》に近い叫び。

伸ばした手が、間近まで迫ったルナの体を突き飛ばす。

彼女の矮軀《わいく》が紙細工のように飛んで、ソファの上に腰から落ちた。

「以前から何度も言っていることだが、君は女子高生で、つまり未成年だ。君とこれ以上の、君が望むような関係性になることは絶対にあり得ない」

呆然《ぼうぜん》とした表情で見上げてくるルナへと、一悟ははっきりと言う。

ずっと、一悟の中にあった甘さや後悔、そういったものが一切排除された、冷酷《れいこく》な声で告げる。

「勘違《かんちが》いをするな」

それは説得でも説明でもなく、叱責《しっせき》だった。

拒絶の意志だった。

少し強い言葉を使い過ぎてしまったかと、反省の思いも浮かんできた。

でも、言い切らないといけない。

これ以上の深手になる前に、ここで手を打っておかないと。

「こんなことは、もう止《や》めよう」

その発言を最後に、一悟は口を噤《つぐ》む。

時間が止まったかのようだった。

静かな、重く冷え切った空気だけが、リビングの中に沈殿《ちんでん》する。
「あ……」
やがて、呆けていたルナが、我を取り戻したように立ち上がる。
一悟を見てくるが、対する一悟は、縋《すが》り付くような彼女の視線を睨《にら》み返す。
見捨てるように、手を払うように。
その意味を、やっと彼女の中でも咀嚼《そしゃく》し切ったのだろう。
ルナは、慌てて自身の顔を隠す。
目に、涙を浮かべているのが見えた。
そして、失意の中、一悟の家から逃げるように出ていった。

第六章　共依存

「…………………」


　気付くと。

　カーテンの隙間《すきま》から差し込むオレンジ色の光も消沈《しょうちん》し、壁掛け時計の時針は完全に夜の時間帯を指していた。

　リビングのソファに座り込み、無為《むい》に虚空《こくう》を眺《なが》めながら、一悟《いちご》は自分が、ただ過ぎていく時間に身を任せていたことを理解する。

　頭の中に、帰っていったルナの姿が思い浮かぶ。

　その切れ長の双眸《そうぼう》の端《はし》に溜まっていく涙をこぼさぬよう、押し黙《だま》り、足早に家から出ていった彼女の背中が想起される。

　今更のように抱く、心配の気持ち。

　時間が経過するにつれ、どうやら徐々にではあるが冷静さを取り戻してきた結果、正確に現状を把握することができるようになってきた、というわけだ。

　故《ゆえ》に。

「……やってしまった……――」

と、苦々しく呟《つぶや》き、一悟は謝罪するように首《こうべ》を垂《た》れる。

そのまま額《ひたい》が、目前のテーブルの縁《ふち》にぶつけられた。

一拍後《いっぱく》、少し頭部を浮かせ、再び額をぶつける。

何度も、何度も、何度も。

一悟は額を打ち続ける。

それだけ、後悔の念が強かった。

自責の念に駆られ、自己嫌悪を覚えた。

ルナより十歳以上年上である自分が、感情任せに言葉を吐き、彼女を拒絶してしまったことに、この期《ご》に及《およ》んで恥《はじ》を覚えた。

自分は、自分が内心に抱いた苛立《いらだ》ちを、無理やり彼女に押し付けてしまったのだ。

朔良《さくら》のことを、母親である彼女の死を、何とも思っていないのか、どうでもいいのか……などと、勝手に思ってしまった。

そんなはずがないだろう。

そうだ、よく考えてみろ。

彼女は朔良の実の娘だ。

母親の死をどうでもいいなどと……気にしていないなどと、そんなわけがない。

辛《つら》いからこそ、自身の中でバランスを取るために、あえて気丈《きじょう》に、なんともないという態度を取っていると、そういう考え方だってできるはずだ。

彼女の本心にも配慮《はいりょ》せず、まだ不安定な子供の精神性を軽薄《けいはく》なものだと判定し、自分の感情で突っ走ってしまった。

十代半ばの、繊細な年頃の少女に対し、なんて態度を取ってしまったんだ。

「どうする……」

自問自答をいつまでも繰り返していても進まない。

解決案を出して切り替えろ。

どうするか。

いいや、するべきことは一つしかない。

今日はもう遅いし、さっきの今だ。

これから訪ねても、彼女も動揺《どうよう》しているだろうし、まともにやり取りを行うことはできないだろう。

お互いに落ち着くまで、もう少し時間が必要なはずだ。

「……明日の朝、謝りに行くか」

一悟はそう決断し、冷蔵庫の中の食材をどうするか——そちらの方に思考の矛先《ほこさき》を向けた。

——しかし、後のことを考えれば、この判断は間違いだった。

正気を取り戻したこの時に、すぐにでも彼女を追い掛けるべきだったのだ――。

※　※　※　※　※

翌日。

「……本当にすいません。僕《ぼく》としたことが……」

『いいんですよ。気にしないでください』

一悟は調子の悪そうな声音《こわね》を使い、そう携帯電話の向こうの相手に謝りの言葉を並べていく。

自宅にて、店に病欠する旨《むね》の連絡をしているのだ。

無論、体調は別に悪くない。

今日は本来なら出勤日だったのだが、この後ルナの家を訪問しなければいけない。

言ってしまえば、ずる休みの演技である。

『ひとまず、スケジュール上は半日有休で処理します。もし午後からの出社も難しいようでしたら、一日有休扱《あつか》いにしますので』

電話の向こうの相手は、副店長の和奏《わかな》だ。

店長がいない以上、店内での最高責任者の役務を負うことになってしまった彼女に、一悟は申し訳なさそうに謝罪する。

『すいません、色々と任せてしまう形で』

『大丈夫《だいじょうぶ》ですよ。今週の大きな仕事は、もうほとんど店長が終わらせてくださっていますから』

丁寧《ていねい》な口調で、和奏は一悟を気遣うように言う。

『つい先日まで繁忙期《はんぼうき》でしたから、仕方がありません。ゆっくり体を休めてください。その……もしご迷惑でなければ、閉店後に何か、夕飯になりそうなものをお届けに伺《うかが》いましょうか？』

「いやいやいや、そんな！　そこまでしていただくわけにはいきません！」

一悟が慌《あわ》てて拒否すると、和奏は「そうですか……」と、受話器の向こうで少し残念そうな声を発する。

かくして報告を終え、店への電話を切ると、一悟はソファに腰《こし》を落とし、深く嘆息《たんそく》を漏《も》らした。

「嘘《うそ》をついてサボってしまった……」

和奏に掛けられた優しい言葉を思い出し、心が痛む。

しかし、自責の念に駆られるものの、やってしまったからには仕方がない。

仕方がないからこそ、当初の目的を確実に完遂《かんすい》しなければ。

（……もし、彼女と問題なく会えて、不安が解消されたら……早急に解決したら、午後から出

社しよう）

そう考えながら社宅を出た一悟は、車を走らせ、ルナのマンションへと向かった。

十数分後、到着。

ルナが一人暮らしをしている、オートロックの備えられた、それなりにいい設備のマンション。

もう既《すで》に、何度も訪れたことのある場所だ。

「さてと……」

自動ドアを潜《くぐ》り、エントランスへと入ると、入り口手前のタッチパネルの前に立つ。

パネルの上には電卓のように0から9までの数字が並んでおり、ここに部屋番を入れることによって、目的の部屋のチャイムを鳴らす方式だ。

住人が家の中にいた場合、マイクを通して会話ができる。

「ふう……」

深呼吸をし、鼓動《こどう》を落ち着かせる。

そして意を決し、一悟はルナの部屋の番号を入力すると、呼び出しボタンを押した。

『呼び出し中』という表示と共に、小さなチャイムの音がスピーカーから発生する。

「……ん？」

しかし、数十秒ほど待っても反応がない。

その後も、数度呼び出しのボタンを押すが、ルナは呼び出しに出ない。

「留守……か。もう、家にはいないのか?」

どうやら、家にはいないようだ。

もう登校のため家を出た後だったのだろうか?

確か、以前に彼女の家で一夜を過ごした日の朝のことを思い出すと……まだ時刻的にも、家にいる時間帯だと思ったのだが。

「しょうがない」

うだうだ考えていても時間の無駄だ。

「ルナの高校に先回りするか……」

一旦《いったん》マンションを出た一悟は、そこからルナが通っている高校へ移動することにした。

彼女の通学している高校は、その有名な制服や、以前店を訪ねてきた際に名乗っていたことから、どこかはわかっている。

姫須原《ひめすばる》女学院付属高等学校だ。

住所も、車のカーナビに名称を入れればすぐに出てくる。

今の内に車で走って先回りすれば、授業開始前の登校時間に間に合うはずだ。

というわけで、再び車に乗り込んだ一悟は、数十分をかけて姫須原高校へと移動する。

「着いた……」

厳かで歴史の窺える造りの校舎。

その敷地へと続くレンガ造りの校門に向け、ルナと同じ制服を纏った生徒達が歩いている。

皆、よいところ育ちのお嬢様といった感じで、清楚な雰囲気がある。

そんな少女達が何人も、和気藹々《わきあいあい》と会話を交わしながら通学している光景は、華やかさを感じさせるものだった。

空気が光に満ちて、いい香りが漂《ただよ》ってきそうだ。

「……なんて、どうでもいいことを考えている身分じゃないだろ、僕は」

高校の入り口よりも少し手前の道路脇《わき》、そこに車を停車し、一悟は窓を開ける。

そして、目前を通り過ぎていく生徒達の中から、注意深くルナの姿を探し始めた。

彼女の美貌《びぼう》は、この大人数の中にあってもきっと目立つ。

念入りに監視していれば、問題なく見付かるはずだ。

(……しかし)

だからといって、この学校に通う生徒の親でもない男が一人、校門前に車を停めて通学中の生徒達を眺《なが》め回していれば、怪《あや》しまれるかもしれない。

いや、確実に怪しまれる。

今更ながら、一悟は心配になってきた。

厳かなレンガ造りの校門の前には、鬼《おに》のような守衛《しゅえい》がいる。

まだこちらには気付いていないのか、それとも様子を見ているのか、特に反応は示していない。

「……けど、目を付けられないよう注意が必要かな」

念のため、一悟は車から外へと出る。

そして、誰かを探すようにキョロキョロと周りを見回したり、ポケットから取り出したスマホの画面を見たりと、まるで他の誰かと待ち合わせをしている最中のような演技をし出した。

（……これで、少しは誤魔化《ごまか》せ――）

その時だった。

「今日、バスの中に星神《ほしがみ》さんの姿が見当たらなかったわ」

不意に、そんな声が一悟の耳朶《じだ》を打った。

「いつも、星神さんと同じ時間帯に、同じバスに乗るのに……」

偶然、一悟の前を通り掛かった登校中の生徒が、そう残念そうな言葉を発したのだ。

星神さん――確かに、そう呼んだ。

咄嗟《とっさ》、会話の主である生徒達の姿を目で追う一悟。

「私が星神さんと接点を持てる、数少ない時間なのに！」

「冬子《ふゆこ》、本当に星神さんのことが好きね」

「大ファンだもんね」

一人の女子高生が、熱心にルナのことを語っている。

周りの同級生達も、いつものことのように笑い合っている様子だ。

「……………」

その会話が気に掛かった一悟は、自然と彼女達の後を追っていた。

星神さん——というのは、十中八九、ルナのことだろう。

冬子——と呼ばれた件《くだん》の女子高生は、少し茶色がかった髪《かみ》を三つ編みにした少女である。

どうも、ルナに憧《あこが》れを抱いている感じが、発言の端々《はしばし》から伝わってくる。

いや、それよりも——。

（……いつもの時間のバスに乗っていない？）

ルナは、学校に来ていないのか？

眉間《みけん》に皺《しわ》を寄せ、考え込むように顎先《あごさき》を指で触る一悟。

「………」

「………」

「……ん？」

そこで、気付く。

無意識の内に後を追っていた女子生徒達が足を止め、一悟を振り返っていた。

彼女達の会話に聞き耳を立てていた一悟の存在に、気付いたのだろう。
胡乱《うろん》そうな目を向けられていた。
（……まずい）
完全に怪しまれている。
彼女達と視線が交わってから、気持ちの悪い間が空く。
このまま黙っていては、少女達の警戒心はどんどん高まる一方だろう。
（……こうなったら）
しかし、せっかく見付けた手掛かりを、みすみす逃すわけにはいかない。
一悟はすぐさま、行動に出る。
「あの、ちょっといいですか？」
一悟は逆に、自分の方から彼女達へと声を掛けた。
いきなり不審な人物に話し掛けられ、少女達はびくっと体を震わせる。
「な、なんでしょう……」
と、後ずさりしながらも反応したのは、冬子と呼ばれた三つ編みの少女である。
警戒心高めで、完全に怖がっている。
流石《さすが》は、お嬢様学校の生徒といったところか。
赤の他人の男に、あんなに心を許してくるルナの方が異常なのである。

それはさておき。

（……さて、どう切り出すべきか）

話し掛けて口火を切ったが、どうやって警戒を解いてもらうか……。

瞬時に思考した一悟は、やがて。

（……そうだ）

と、打って付けの切り口を発見する。

「今話していた、星神ルナさんの知り合いの者なんだけど」

「え？」

一悟が言うと、女子高生達は目を丸くする。

「星神さんとは、どのようなご関係で？」

それでも、まだ警戒心を解くことなく、注意深くそう質問を返してくる。

そんな彼女達に、一悟は答える。

「ああ、星神ルナさんだけど、最近昼休みとかに学校を抜け出したりしていなかったかな」

「昼休みに？」

「あ、そういえば……」

そこで、何か思い当たる節があったのか——三つ編みの女子高生、冬子が反応を示す。

「先生にバレると叱《しか》られるから、秘密にしておいてと言われてたんですけど……どうして、ご存じなんですか?」

よし——と、一悟は冬子に顔を向ける。

「僕は、ルナさんがお礼に来た店の人間だ」

あえて、先に相手が口にしていない情報を出す。

そうすれば、正当性の証明にもなるし怪しまれない。

「お礼に来た……ということは、もしかしてあなたが、星神さんが困っていた時に助けてくれたっていう……」

冬子が驚いたように言う。

どうやら、ルナは同級生にも一悟と関わった事件の日のことを話していたようだ。

「そうなんだ。いやぁ、偶然。別件で待ち合わせていたところに、知っていた名前が聞こえたから」

「そうだったんですね!」

「本当に、凄《すご》い偶然!」

と、女子高生達は沸き立つ。

彼女達の言う通り、本当に、凄い偶然だ。

だが、助かったといえば助かった。

「星神さん、駅前で困っていたところを助けてもらったと、とても嬉《うれ》しそうに話していましたよ」

「へぇ……」

ルナ、そこら辺のエピソードを結構周りにも話していたのか。

ちょっと、脇が甘いというかなんというか……。

まぁでも、女子高生なのだから、そんなもんだろうか。

「星神さん、本当にわざわざお礼に伺っていたんですね」

「とても、礼儀《れいぎ》正しいのね」

「星神さんなら、納得できるけど」

一方、一悟から話を聞いた女子高生達は、そんな風な会話をしている。

先刻から彼女達の話を聞いていると、やはり学校の中でもルナの評判はよいようだ。

正に優等生といった風に皆が語っている。

あの頃の朔良と同じだ——と、一悟は感じた。

「でも、今日はルナさんをバスの中で見掛けなかったんだ」

「はい、いつも、同じ時間帯にはバスに乗っているんですけど……」

さりげなく問い掛けると、冬子は答えた。

やはり、ルナは通学用のいつものバスには乗っていなかったようだ。

「もしかしたら、もう先に登校しているだけなのかもしれませんけど、今までそんなことはなかったので」

「星神さん、特に部活もやっていないし……早出が必要な仕事もないはずだし」

うーん、と、女子高生達は一様に悩む。

「あ、いけない、もうそろそろ授業開始の時間！」

そこで、校舎の壁面に設置された大時計の方を見て、一人の生徒が気付いた。

見ると、周りを歩く姫須原の生徒も、もうほとんどいない。

守衛の人も、いつの間にか、こっちを注意深げに見てきている。

「そうか、ごめんね、呼び止めちゃって。ルナさんに会ったら、またよろしく言っておいてくれないかな」

「はい！」

そう、話を聞かせてもらった生徒達に礼を言って別れを告げる。

彼女達が校門を潜ったのを見送ると、一悟は車に乗り込み、その場から移動を開始した。

「しかし……」

ここまでの情報を整理すると、ルナは家にもいない上に、学校にも行っていない可能性が高い。

となると、昨日の夜、あの後どこに行ったのか？　という疑問が生じる。

「……まさか」

……嫌《いや》な予感がする。

一悟は路肩《ろかた》に車を停めると、ポケットからスマホを取り出す。

通話ボタン押し、電話帳を検索すると、以前交換したルナの連絡先が出てきた。

「……最初からこうしていればよかった」

そう、その通りだ。

さっきだって、わざわざ高校に先回りするなんてことをせず、家にいないとわかった時点で彼女に電話をかけておけば。

いや、そもそも、昨夜の内に、正気を取り戻した時点でそうしておけばよかったのだ。

やはり、自分は動揺している。

いつもの冷静な判断力が失われているようだ。

などと、自分を貶《けな》していても始まらない。

一悟は無心で通話ボタンを押し、スマホを耳に当てた。

呼び出し音が鳴り続ける。

十秒、二十秒……長い、相手は出ない。

まるで永遠のように、繰り返しのメロディだけが頭の中に響き渡る。

——不意に、呼び出し音が途切れた。

——通話相手が、電話に出たのだ。

「もしもし」

『あ……イ、釘山《くぎやま》、さん？』

スマホの向こうから、掠《かす》れた声が聞こえた。

ルナの声だった。

「ルナさん、今、どこにいるんだい？」

叱責《しっせき》するようなキツい言い方ではなく、諭《さと》すように優しく。

過剰《かじょう》に感情を乗せないようにして、一悟はルナに問い掛ける。

『……わからない』

「わからない？」

『昨日の夜から……ずっと歩いてて……気付いたら……』

ルナは、どうやら一人で遠くにいるらしい。

昨夜、一悟と別れてから、無意識に彷徨《ほうこう》していた結果――どことも知れない場所に行ってしまったようだ。

「近くに何が見える？　背の高い建物はあるか？」

一悟は、ルナが今いる場所の、周辺の情報を聞き出す。

近くに見える建築物や、何らかの名称の書かれた看板等を発見してもらい、それを検索。

スマホのマップ機能を使って、場所を特定する。

「すぐに向かう。今はともかく、そこから動かないように」

『あ、そんな――』

彼女が何かを言う前に、一悟は車を走らせていた。

本当に。

もっと早くに、こうしておくべきだったのだ。

（……僕は、何を恐れているんだ）

※　※　※　※　※

スマホのナビ機能が指し示す目的の場所へと、一悟は制限速度ギリギリのスピードで車を走らせる。

――遠い。

ルナの現在地と仮設定した目的地まで、随分《ずいぶん》遠いと改めて思った。

「……昨日の夜から、どれだけ歩いたんだ」

ギリッと、嚙《か》み締めた奥歯が音を鳴らし、鈍《にぶ》い痛みが顎に滲《にじ》んだ。

考えれば考えるほど、心の中はささくれ立ち、言葉遣いも荒くなっていく。

無論、それはルナに対する苛立ちなどでは、全《まった》くない。

これは、自分自身に対する怒りだ。

何故《なぜ》、昨夜、大人げもなくあんな言動を取ってしまったのか。

すぐにでも、彼女を追い掛けなかったのか。

その場で、彼女に連絡をしなかったのか。

朝、マンションに様子を見に行ったり、学校に先回りしたりなどと、そんな呑気《のんき》な手段を取って無駄に時間を浪費してしまったのか。

そんな自分自身の情けなさに、無性《むしょう》に腹が立つ。

その怒りに駆られるままアクセルを踏《ふ》み込み、一悟は車を走らせ続ける。

――どれほど走っただろう。

市街地から随分離れ、都会的に発達した施設や風景も徐々に消えていき――辿《たど》り着いたのは、どこともしれない薄暗《うすぐら》い山道だった。

まだ昼間だというのに、鬱蒼《うっそう》と生い茂った木々のせいで夕暮れのように薄暗く、ジメっとした湿度に支配されているのが車中からでもわかる。

人影も見当たらない。

虫の羽音が喧《やかま》しく、時折、正体のわからない野生動物が車の前を高速で横切る。

なかなかの田舎《いなか》道だ。

到底、女子高生が徒歩で辿り着ける場所じゃない。

（……もしかしたら、何らかの交通手段を用いてここまで来たのかもしれない）

一悟は、曲がりくねる山道を走り続け、スマホの画面に表示された地図の、距離と所要時間の数値を縮めていく。

やがて。

「……いた」

道の途中。

木の葉と木の実が散乱するアスファルトの上で、転落防止のためのガードレールに背を預け、蹲《うずくま》っている少女の姿を発見した。

その艶《あで》やかな黒髪《くろかみ》――ルナだとわかる。

昨夜――そして今朝も見ることになったが――見覚えのある制服姿。

昨日の格好《かっこう》のままだ。

一悟は車の速度を緩《ゆる》め、彼女の前で停車する。

それに気付き、ルナがハッと顔を上げた。

蒼白《そうはく》だ。

土気色《つちけ》で、見ただけで心身共に疲労が溜まっているのがわかる。

それでも、その顔を見て、よかった――と、一悟は安堵《あんど》した。

なんとか無事、彼女を保護することには成功したようだ。

「釘山さん……」

車を停めて外に出ると、ルナが泣きそうな顔でそう呼んだ。

いつものような綽名《あだな》呼びではなく、名字で呼んでいるところから、心の距離というか壁を感じる。

やはり、彼女も昨夜のことを気にしているのだろう。

「……心配したんだ」

そんなルナに、一悟は言葉を選びながら声を掛ける。

「どうして、こんなところに」

「………」

「……とりあえず、乗るんだ」

一悟は手を伸ばす。

ルナはゆっくりと、その手を取って立ち上がる。

彼女を車の助手席に乗せると、一悟はUターンし、元来た道を逆に走り始めた。

「………」

「………」

車内に、重い沈黙《ちんもく》が流れる。

当然といえば当然だ。

だが、ここには彼女と自分しかいない。

ここに来るまでの道にも、人影はほとんどなかった。

二人だけの——この秘密の関係を共有する自分達だけの空間だ。

「こんなところまで、どうやって来たんだ」

しばらく経《た》って、一悟が、そう会話の口火を切る。

「……よく、覚えてないです」

ルナも、掠れた声音で返答する。

耳を欹《そばだ》てないと、聞き取れないほど小さい。

意気消沈の具合が見て取れる。

「昨日の夜、電車を乗り継いで、気付いたら終電で……」

軽い自失状態になっていたのか？

それだけ、ショックが大きかったのだろうか。

「駅から出た後は、道もわからなくて、バスも走っていなくて、ともかく家の方向に向かって歩いていたら……」

「……」

背筋が凍る話だ。

一悟は思わず、口を開く。

「駅から下りて、ずっと歩いていたのかい？　何かあったら大変じゃないか」

「……………」

それに対し、ルナは無言になった。

いつもの、明るく軽妙《けいみょう》に一悟に接してくる、あの態度は消え失せている。

どうやら、まだ精神が安定していない様子だ。

その状態で叱っても意味がないし、そもそも自分が彼女を叱責できる立場じゃない。

「……おっと」

そこで、一悟は視界の隅《すみ》の、道端に自販機を発見した。

ちょうどいい、と、車を停める。

「ちょっと待ってて」

「え……」

車から出た一悟は、自販機でホットのカフェオレを購入する。

そして車に戻ると、それをルナへと渡した。

「その様子だと、昨夜から飲まず食わずだろう？　とりあえず、ほら。糖分を摂取するといい。体もあったまるよ」

「………」

ルナは数瞬《すうしゅん》、呆《ほう》けたように目を瞬《しばたた》かせ、手の中のカフェオレを見下ろした。

「僕も、仕事の時にはいつも店のコーヒーサーバーでカフェオレを飲んでるんだ」

「……いただきます」

プルタブを上げ、唇《くちびる》へと近付ける。

こくり、と、ルナの喉《のど》が鳴り、その後、ふぅ……と、熱を孕《はら》んだ吐息《といき》が漏れた。

蒼白だった顔色に、生気が戻ったように、少し赤みが差す。

「……ありがとうございます」

少しは落ち着いたようだ。

「よし、とりあえず、家に帰ろうか」

その様子を見て、一悟は空気を切り替えるように言う。

実際、問題は何も変わっていないのだが、気分的なことだ。

「無断欠席の理由の報告、学校にも説明が必要だろうし。なにより、同級生が心配していたよ」

「え？」

曲がりくねる山道の運転は、常に前方に注意が必要だ。

だから、ルナの方を余所見《よそみ》はできない。

……まぁ、通常の運転中でも脇見しないのは当然のことなのだが。

しかしともかく、驚きのリアクションを見せたルナを振り返らず、前を向いたまま、一悟は語る。

「今朝、君を探しに家まで行ったんだ。そうしたらいなかったから、その後、学校の方にも向かってね。そこで、君の同級生達と会って、話をしたんだよ」

「……」

「みんなから、随分と慕《した》われてるようだね。評判はよかったよ」

一悟がそう褒《ほ》めると、ルナは首を垂れる。

サラリと流れ落ちた長く美しい黒髪で、表情が隠れる。

直視はできないが、照れている……というわけではなさそうだ。

「仮病になっちゃうかもしれないけど、体調不良で休むと、学校には電話を入れておいた方がいいと思う。大丈夫、安心してくれ。僕も今日、君を追い掛けるのに同じ手を使ったから」

何が安心なのか――と、自分の発言に、自身で内心突っ込む一悟。

すると。

「……ずっと、私を探してくれてたんですか？」

ルナの口から、呟くような声が漏れた。

「……ごめんなさい」

声が震えている。

ぽろぽろと、ルナの目尻《めじり》から涙が落ちているのがわかった。

「……謝る必要はないよ。もとはといえば、僕のせいだ。僕が昨日、君に辛い言い方をしてしまったから」

「……いえ、釘山さんは悪くありません。釘山さんのことを考えずに、私が自分本位なことばかりして……自業自得です」

釘山さん——と、そこで一拍溜めて。

彼女は言う。

「私……ずっと、辛かったんです」

「……え？」

「優等生なんかじゃありません。演じてるだけです……本当の私は、ずっと誰かに甘えたかっただけなんです」

ルナは語り出す。

溢《あふ》れ出して止まらないとばかりに、自分の本性を告白する。

「父を失った後、母は父の会社の経営権とか、相続権とか……そういったものは一切受け取らず、父の家系の方や会社の重役の人達に任せました。母は私を育てるために必要な遺産の一部だけ相続し、それから私を女手一つで育ててくれました」

「……………」

「母の死後は、母方の実家が身元引受人になってくれました」

母方の実家――つまり、朔良の生家。

朔良の政略結婚のもととなった、家業を営んでいた家。

詳しいことは不明だが、確か、フルーツを中心にした農産物の生産、加工、販売事業を行っていたのだったか。

昔、それで売り上げが好調だったため、事業の拡大に踏み切り大きく広告費をかけて宣伝を行ったのだが、失敗し、多額の借金を背負うことになった――と、事の経緯を聞いている。

「母方の祖父や祖母、母の親類の人達は、悪い人達ではありませんでした……でも、母が父の遺産を一部しか相続しなかった件で、何度か揉《も》めている場面を見ました……」

「……」

「母方の家族にも迷惑を掛けないように、私のために頑張《がんば》ってくれた母に恥《は》じないように、私も、頑張らないといけないって……優等生を演じてきました」

けれど、それはきっと、彼女一人が抱えられるレベルの重さの荷物ではなかった……というわけだ。

「父も母もいなくなり、心を開く相手がいなくなって……私は、孤独感を覚えていました」

けれど、そんなある日――。

「私は、釘山さんと出会いました。母が語っていた、幼少の頃の思い出の男の子。理想の男性になっていた釘山さんに、心惹《ひ》かれ、孤独の拠《よ》り処《どころ》を求めてしまいました……本当に、何をやってるんだろう、私――」

目元をぐしぐしと指先で拭《ぬぐ》いながら、ルナは嗚咽《おえつ》を漏らす。

「自分勝手なことばかり言ったりやったりして、釘山さんに迷惑ばかり掛けて……本当にごめんなさい」

――一悟は車を停車した。

道の脇に車を停め、今度こそちゃんと、涙を流して謝罪するルナを直視する。

「釘山、さん？」

「……そうか」

弱々しいルナの姿――一悟はその姿にも、朔良の面影《おもかげ》が重なって見えた。

「僕も、君に告白しないといけないことがある」

ルナは、自分の本心を告げた。

ならば自分も、言わないといけない。

「僕は昔、君の母親、朔良に憧れていた。初恋の相手だった……それは、否定しようもない事実だ」

「……………」

「子供の頃、彼女のことばかりを考え、彼女を喜ばせるために何をすればいいのか、そんなことにもっぱら頭を使っていた。君のお父さんとの結婚が決まり、僕の前から彼女が姿を消した後も……その別れ方が原因だったのかな、朔良という存在は、いつまでも僕の中に燻《くすぶ》り続けていた」

「………」

「そんな時、彼女そっくりの君に出会い、僕は、君に朔良の姿を重ねずにはいられなかった」

「………」

ルナは、黙って一悟の言葉を聞き続ける。

彼女には酷《ひど》いことを言っているかもしれない。

それでも何も言わず、受け入れようとしてくれていることに感謝する。

「ずっと、ずっと考えてたんだ。朔良はあの頃、僕にも、誰にも言えない苦悩を抱えていたんじゃないかって。今の君と同じように」

彼女の両親の馴《な》れ初《そ》めの話だ。

こんなこと、それこそ気遣いが欠けているかもしれない。

でも、今ここじゃないと話せない、いや、話しておかないといけないことだと思った。

「……僕は、君に朔良を重ねていた。君と過ごしていた日々も、嫌だと言う反面、どこか求めている自分もいた。だから放っておけず、君を追ってここまで来た」

一悟は言う。

「僕も、君に心惹かれている。それは紛《まぎ》れもない事実だ。君が僕と一緒にいる時間を楽しいと思ってくれるなら、僕と一緒にいる間、苦悩から解放されてくれたなら、それは僕にとってこの上ない幸福だ」

一悟は理解した。

自分が何を恐れていたのか、わかった。

自分は、やはり心の中では、彼女と接点を持っている現状を受け入れ、手放し難《がた》く思っていたのだ。

一悟の告白に、ルナは目を見開き絶句《ぜっく》した。

しかし、やがて、自分の中で一悟の言葉を咀嚼《そしゃく》できたのだろう。

その潤《うる》んだ瞳《ひとみ》の奥に、微《かす》かな光が宿り。

まるで、湧き上がる想いを必死に押さえ込もうとするかのように、自身の胸を掻《か》き抱く。

「……イ」

「けれど」

でも――それでも。

声を発しようとしたルナを遮《さえぎ》り、一悟は言った。

「理想と現実は、ちゃんと分別しないといけない」

「……………」

だからいいんだ、と。

身も心も委ねてしまえば、この先には絶望と破滅しかない。

一悟とルナの関係性は、そういうものだ。

そう、一悟自身も、よくわかった。

理解できた。

納得できた。

だからこそ、言い切らなければならない。

自分の欲望に、彼女を……まだ幼い少女を、巻き込むわけにはいかない。

「何より、僕は君に心惹かれているが、それは君に朔良の面影を重ねているからであって、純粋に僕のことを好いてくれている君に失礼だと思う」

だから、はっきりと。

「……だから、君の望む恋人関係なんて築けない」

「……………」

「これからは、それを踏まえた上で、ちゃんとした健全な関係性を築いていこう」

そう。

こんな共依存のような関係性は、いけない気がする。

「……………」

「……………」

停めていた車を再び発車させ、薄暗い山道を黙々《もくもく》と突き進む。
やがて山道を抜けると、日の光が差す田園風景の中に入る。
車内は無言だ。
二人は何も喋《しゃべ》らない、それ以上何も語らない。
そんな一悟とルナを乗せ、車は走る。
彼と彼女が暮らす街へと、帰る。

エピローグ　それでも

その後。

ルナを山道で保護することに成功した一悟《いちご》は、彼女を無事に自宅のマンションまで送り届けるに至った。

無断欠席の件については、すぐに学校へ病欠の連絡をさせ、事なきを得た。

空白の時間に関しては、朝起きて体調が悪かったため、薬を飲んですぐに寝込んでしまったので電話報告が遅れてしまった、ということにしておいた。

幸《さいわ》い――学校側も模範《もはん》生徒のルナが学校に来ていないことを心配していたようだったが、連絡がついて安心したようで、それ以上は追及《ついきゅう》してこなかった。

一悟は、その後も数時間ほど、ルナが本当に落ち着くまで彼女の家で付き添うことにした。

その結果、帰るのは夜になってしまい……つまり、仕事に関しては、本格的にずる休みとなってしまった。

「じゃあ」

日も沈みかけの、夕暮れ時。

ルナの部屋の前にて、一悟は彼女に別れの挨拶《あいさつ》を告げる。

「今日は本当に、ありがとうございました、釘山《くぎやま》さん」

玄関《げんかん》に立ったルナが、そう言って深く頭を下げる。

……やっぱり、先日までのような無邪気《むじゃき》で朗《ほが》らかな雰囲気《ふんいき》はない。

ちゃんと一線を引いた、他人の大人に対する態度を取っている。

「……また、機会があったらいつか」

「はい」

それを見て、少しの寂《さび》しさを覚えるものの、そんな感情を抱く自分を頭の中で殴打《おうだ》し、一悟は彼女の前から去る。

マンションを出て、駐車した車の運転席の扉《とびら》に手を掛けたところで、ルナの部屋の窓を見上げた。

「……これでいい」

これで、十分。

そう、誰に言うでもなく……いや、他でもない自分に言って、一悟は車へと乗り込んだ。

※　※　※　※　※

それから、数日が経過した。

あれ以来、ルナからの連絡も、接触もない。

今までのような日常が戻ってきた。

朝は職場――自分が責任者を務める大型雑貨店へと行き、夜まで仕事をして帰ってくる。

店舗スタッフ達から売り場や商品、仕事内容に関する相談事を受け、それに的確なアドバイスを返し問題を解決していく。

また、会社から依頼される意見書や、新しい企画の提出にも、見聞や調べ上げた情報をもとに、アイデアを生み出し応えていく。

休日に関しても、いつもと変わらない。

仕事とプライベートが混然となったような、ダラダラするでもない、何かしらの気付きと意義のある時間を過ごす。

そんな感じだ。

そんな日々だ。

「全てが丸く収まった……と考えていいのかな」

自宅のソファに腰《こし》掛け、ネット配信されている海外ドラマを眺《なが》めていた一悟は、不意にそう漏《も》らした。

晩酌《ばんしゃく》も嗜《たしな》んでおり、ほろ酔《よ》い気分になったからだろうか。

つい、そんな台詞《せりふ》がこぼれ出た。

「……」

だから、ふと、考えてしまった。

騒がしくも楽しかった、ルナのこと、彼女との日々を。

そこでハッとし、一悟は正気に戻る。

「何を考えてるんだ、僕《ぼく》は」

彼女はちゃんと分別を弁《わきま》えた。

自分を律《りっ》して、日常に戻ったということだ。

だのに自分は、何を後悔のような感情を抱えているのか。

「情けないぞ！　釘山一悟！」

煩悶《はんもん》する自身を一喝《いっかつ》するかの如《ごと》く、一悟はそう叫《さけ》んだ。

酔っ払っているからできる芸当である。

遠くの方から犬の吠《ほ》え声が聞こえて、ちょっと大きな声を出し過ぎたかと、反省する羽目になったが。

※　※　※　※　※

さて――そんな、ある日のこと。

「あ、店長。少し、お時間よろしいでしょうか」

今日は、土曜日。

世間は休日なので、店舗もなかなかの賑《にぎ》わい具合となっている。

そんな中、事務所の前を通り掛かったところで、一悟は副店長の和奏《わかな》に呼び止められた。

「はい、どうしました？」

「今度から勤務してもらう予定の、新しいアルバイトの子を紹介させていただければと」

どうやら、新人のアルバイトが来たようだ。

（……学校が夏休みにも入っていないこの時期に珍《めずら》しいな。というか、ここ最近採用面接なんてあったっけ？）

そう思っている一悟の前に、和奏に促《うなが》され、アルバイトが姿を現す。

「どうも、よろしくお願い――」

アルバイトの姿を見た瞬間、一悟の声が止まった。

口だけではない、全身が停止した。

そこに立っていたのは――。

「よろしくお願いいたします、釘山店長」

腰に届くほど長い黒色の髪《かみ》。

透明感のある色白の肌《はだ》。

スッと通った鼻梁《びりょう》を中心とした、整った顔立ち。

少し切れ長の双眸《そうぼう》に、色気《いろけ》のある長い睫毛《まつげ》。

ルナだった。

ルナが、店の制服を着て、目前に立っていた。

あの日、一悟の家でコスプレしていたのと、同じ格好《かっこう》で。

「な、何故《なぜ》、君がここに！」

混乱し、大声を上げる一悟。

「驚きました？」

そこで、何故か和奏が嬉《うれ》しそうに微笑《ほほえ》みを浮かべながら、説明を始めた。

彼女によると、実は、ルナは先日、一悟が不在の日に密かにバイトの面接を受けに来ていたのだという。

店長不在時、採用面接を行うのは副店長だ。

人柄、言葉遣い、態度――面接結果は良好で、接客業を行う上で心配な点は何もない。

彼女の通う姫須原《ひめすばる》女学院付属高等学校はお嬢《じょう》様学校ながら校外活動にも寛容《かんよう》で、許可さえ下りればアルバイトをしても問題はないのだそうだ。

「そもそも、星神《ほしがみ》さんが当店のアルバイト勤務を希望されたのも、店長との出会いが切っ掛けだったそうです。店長のような方が責任者を務めるお店であれば、安心して楽しく働けそうだと」

和奏の解説を、一悟は目を白黒させながら聞く。

「は、はぁ……」

「それで、和奏副店長に、店長にはサプライズで紹介するというのはどうでしょうと冗談《じょうだん》で提案したところ、面白そうだと了承《りょうしょう》していただけたんです」

ルナが、ニコニコと明朗《めいろう》な笑みを湛《たた》えながら言う。

そんな理由があって、今日まで彼女が勤めることを一悟には黙《だま》っていたのだという。

制服を纏《まと》い、髪を結ったルナの姿は、活動的ながら愛らしい雰囲気を漂《ただよ》わせている。

事務所前の彼女を見て、行き交う他のスタッフ達も見惚《みと》れているのがわかった。

「あれ、君って前に店に来た……」

「お久《ひさ》しぶりです。今度から、よろしくお願いします」

そこで、ルナの存在を知っているスタッフ達が彼女がいることに気付き、足を止めて挨拶《あいさつ》を交わしていく。

あっという間、その場に人だかりができあがった。

「あら、ルナちゃん、うちで働くことにしたんだ。ルナちゃんなら、他にいい働き先がいっぱいあるのに！」

「こんばんは！　この前は、ありがとうございました」

その場を通り掛かった主婦パートの園崎《そのざき》とも、当然のように仲よく会話をしている。

「は、はじめまして！　自分は河木《かわき》体育大学二年生、青山《あおやま》と――」

「何いきなり自己紹介始めてるのさ、あんた。ルナちゃんがびっくりしてるでしょ」

以前、ルナに一目惚《ひとめぼ》れしていた体育大生アルバイトの青山が、ガチガチに緊張した直立姿勢で挨拶をしている。

その肩《かた》を、園崎がおかしそうに笑いながら叩《たた》く。

それを見て、柔和《にゅうわ》な笑みを湛えるルナ。

（……これは、現実か？）

一悟は、思わず目を覆《おお》った。

足元が覚束《おぼつか》なくなり、すぐ近くの壁に手を付く。

既《すで》にウェルカムの空気ができあがっている。

完全に、外堀《そとぼり》が埋められていた。

最終的な採用の判断をするのは店長である一悟だが、これで不採用にするのも不自然だろう。

「ちょ、ちょっと失礼……」

盛り上がるその場から抜け出し、一悟は店舗のバックヤードへと向かう。

商品搬入のためのパレットが積み上がった場所まで来ると、他に誰もいないのを確認し、思い切り膝《ひざ》を折る。

「どうして、こんなことに……」

全ては、丸く収まったんじゃないのか。

日常が戻ってきたんじゃなかったのか。

と、悩んでいると——。

「失礼します」

背後から呼ばれて、一悟は頭を跳ね上げる。

そこに、ルナが立っていた。

「えへへ、久しぶり、イッチ」

彼女は、一悟の姿を確認すると、その表情に——以前のような、小悪魔じみた悪戯《いたずら》っぽい微笑みを浮かべた。

「ひ、久しぶりじゃないだろ。どうして、うちの店に……」

「イッチ……ごめんね」

その微笑《びしょう》が、少し悲しそうな表情へと変わる。

「イッチが、私に言ったことは、全部正しいと思う。それは当然、イッチが困ることだってあるし……それに、私のために言ってくれたってことも、わかってる」

「わかってるなら、どうして……」

「わかってるけど、止められなかった」

ごめんなさい――と、もう一度言い。

「でも、私、イッチが好き」

冷静になって、現実を見て、元に戻そうとして。

でも、結局駄目《だめ》だった。

戻ってきてしまった。

「諦《あきら》め切れない。もしかしたら、きっと……無理やり忘れるしかない以外の方法にも、いつか出会えるんじゃないかって」

「だから、僕達がそんな関係性になったら倫理《りんり》的にまずいんだ。それに、前にも言ったけど、僕は君に――」

「イッチが、私にお母さんの面影《おもかげ》を重ねているのはわかってる」

一悟はあの時、その言葉にルナが傷付くと思って……わかっていたけど、あえて言ったのだ。

だが、ルナは――。

「今はそれでもいいよ」

そう言った。

「その内、私自身を好きになってもらう、絶対に」

「……………」

以前よりも、勢いが増している。
逆に火を点けてしまった――のだろうか。
想いの火力は増加され、距離を取るどころか、むしろ更に迫ってこようとしている。
一悟はもう、ひたすら困惑《こんわく》するしかない。
初恋の人と瓜二《うりふた》つの少女が、自分に好意を寄せて、熱烈にアプローチを仕掛けてくる。
もしかしたら、誰もが羨《うらや》むシチュエーションなのかもしれない。
でも、その先にあるのは倫理に反した破滅の道だ。
「……イッチ」
そこで――。
当惑し、思考の覚束なくなっていた一悟に向かって、ルナが駆け寄ってきた。
「え……」
いきなりの事に、まともに反応ができなかった。
元々、それほど距離は離れていない。
一秒弱の間の出来事。
ルナは駆け寄るそのままの勢いで、一悟の顔へと、自身の顔を近付け――。
彼女の唇《くちびる》が、一悟の唇に触れた。

「――――」

瞬間、一悟の五感は漂白《ひょうはく》され、彼女の全てで塗り潰《つぶ》される。

嗅覚《きゅうかく》を染めるルナの匂《にお》い。

爽《さわ》やかな柑橘《かんきつ》系の香水の匂い。

触れた唇、胸に置かれた手の平、頬《ほお》を掠《かす》めた黒髪《くろかみ》。

その全ての感触が全身を満たす。

触れ合った刹那《せつな》に彼女が漏らした、一瞬の息遣い、吐息《といき》のようなか細い声。

世界中の音が聞こえなくなり、それだけが聴覚を支配して、いつまでも鼓膜《こまく》にリフレインする。

「――……あ」

刹那のような永遠のような、そんな時間が、明ける。

ルナはゆっくりと、体を離す。

そして、呆然《ぼうぜん》としたままの一悟を、彼女は真正面から見詰めてきた。

潤《うる》んだ瞳《ひとみ》、赤らんだ頬。

内に秘め、押さえ込んでいたはずの感情や想いが、溢《あふ》れ出して止まらなくなってしまったのだと、伝わってくる。

ここは職場。

一悟が店長を務める店の裏手。

誰かに見られるかもしれない。

そうなってもおかしくない。

でも、そんな状況下で、唇を重ねた二人は、時が停止したかのようにいつまでも向かい合っていることしかできなかった――。

どうやら、釘山一悟の人生は、まだまだ翻弄《ほんろう》され続けるようだ。

結ばれるわけにはいかない、二度目の初恋という難敵によって。

あとがき

初めまして、もしくはお久しぶりです、機村械人《きむらかいと》と申します。

ＧＡ文庫様から出る小説としては三作目となる、『君《きみ》は初恋《はつこい》の人《ひと》、の娘《むすめ》』。

前作の、明るく楽しく騒《さわ》がしく、をコンセプトにしたラブコメから一変し、本作では社会的・常識的・倫理《りんり》的に結ばれるわけにはいかない二人が、それでも、どうしようもなく互《たが》いに惹《ひ》かれ合ってしまう、そんな背徳《はいとく》感のある純愛ものをコンセプトに制作させていただきました。

お楽しみいただけたなら、幸《さいわ》いです。

イラストレーターのいちかわはる先生には、本作のヒロインであるルナをとても魅力的に表現していただきました。

制服姿、私服姿、寝間《ねま》着《き》姿、アルバイトの仕事着。

笑っている顔、楽しんでいる顔、優等生な顔、小悪魔な顔、悲しそうな顔。

ルナは作中で様々な姿、様々な表情を見せる、とても色彩《しきさい》の多いヒロインです。

そんな彼女を、存分に余すところなく描いていただけることができました。

本当にルナは実在しているのではないかと、そう思えるほどの仕上がりです。

感謝の気持ちでいっぱいです。


最後になりますが、お世話になった皆様に謝辞《しゃじ》を。

この作品を作りあげる上でお世話になりました、担当編集様、GA文庫編集部の皆様、営業部の皆様。

素敵《すてき》なイラストを手掛けていただきました、いちかわはる先生。

校正様、印刷所の皆様、全国の書店様。

そして、本作を手に取り、このページにまで目を通していただいている読者の方々。

誠にありがとうございました。


それでは、またお会いできる日を夢見て。

最後までお読みいただき、ありがとうございました。

ファンレター、作品の
ご感想をお待ちしています

〈あて先〉

〒106－0032
東京都港区六本木2－4－5
SBクリエイティブ（株）
GA文庫編集部 気付

「機村械人先生」係
「いちかわはる先生」係

本書に関するご意見・ご感想は
右のQRコードよりお寄せください。

※アクセスの際や登録時に発生する通信費等はご負担ください。

https://ga.sbcr.jp/

君《きみ》は初恋《はつこい》の人《ひと》、の娘《むすめ》

発　行　　2021年6月30日　初版第一刷発行
著　者　　機村械人
発行人　　小川　淳

発行所　　SBクリエイティブ株式会社
〒106−0032
東京都港区六本木2−4−5
電話　03−5549−1201
03−5549−1167(編集)

装　丁　　FILTH

印刷・製本　中央精版印刷株式会社

ISBN978-4-8156-1153-8
Printed in Japan　　GA文庫

試読版は
こちら!

家で無能と言われ続けた俺ですが、世界的には超有能だったようです２

著：kimimaro　画：もきゅ

GA文庫

　剣聖ライザに勝利し、冒険者としての生活を認められたジーク。クルタら上級冒険者とともに依頼をこなしていくが、ライザは気が気でない様子。事あるごとに干渉し、ついにはパーティを組んで一緒に冒険に繰り出すことになる。

　規格外の力と機転で困難を乗り越えるジークに、ライザの態度も柔らかくなっていき……。

　一方、ライザの帰りが遅いことを不審に思った姉たちからは、世界最高の魔法使い、賢者シエルがジークを連れ戻すために旅立っていた——

　無能なはずが超有能な、規格外ルーキーの無双冒険譚、第２弾！

試読版は
こちら!